國王遊戲

王様ゲーム

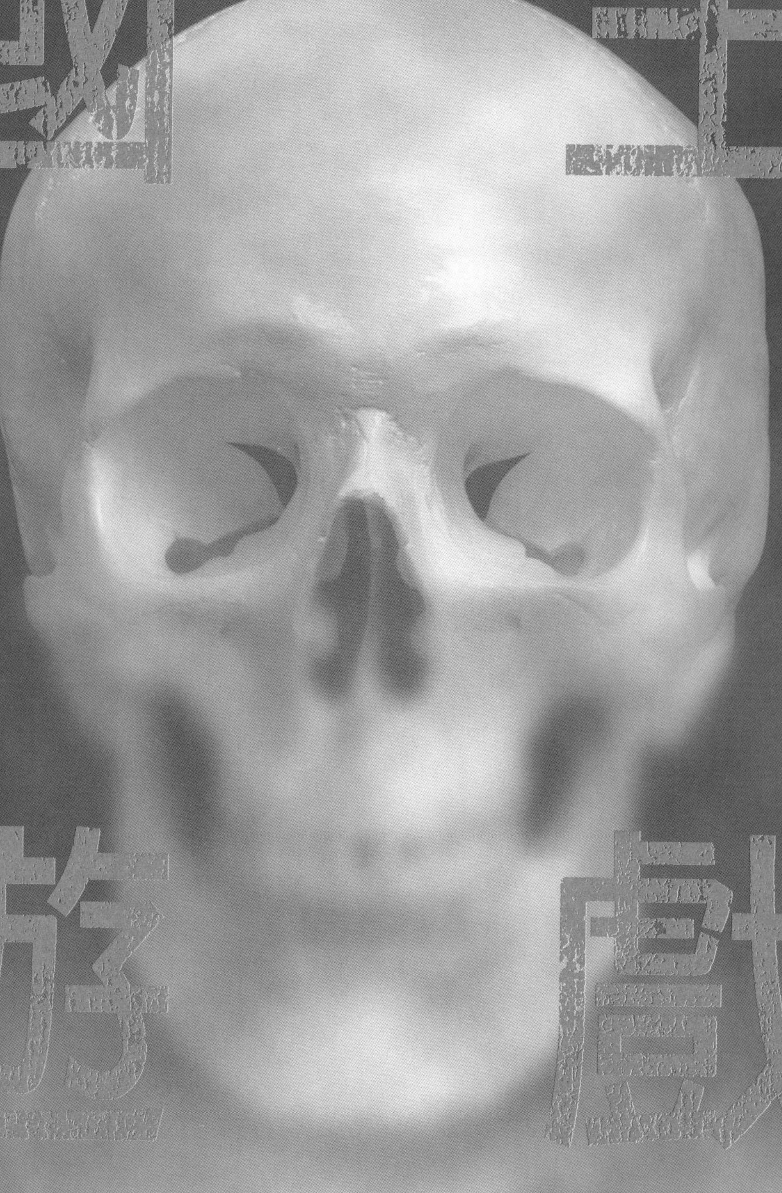

金澤伸明
NOBUAKI KANAZAWA

國王遊戲

目次

遊戲規則

1 全班同學強制參加。

2 收到國王傳來的命令簡訊後，絕對要在24小時內達成使命。

3 不遵從命令者將受到懲罰。

4 絕對不允許中途退出國王遊戲。

完畢

班級點名簿

1 安達信吾（Adachi Shingo）
2 阿部利幸（Abe Toshiyuki）
3 石井里美（Ishii Satomi）
4 井上浩文（Inoue Hirofumi）
5 井本祐子（Imoto Yuuko）
6 岩村莉愛（Iwamura Ria）
7 岩本真希（Iwamoto Maki）
8 上田陽介（Ueda Yosuke）
9 上田佳奈（Ueda Kana）
10 牛島元基（Ushijima Motoki）
11 大野明（Ohno Akira）
12 金澤伸明（Kanazawa Nobuaki）
13 河上勇佑（Kawakami Yuusuke）
14 川野千亞（Kawano Chia）
15 木下明美（Kinoshita Akemi）
16 城川真美（Shirokawa Mami）
17 田崎大輔（Tasaki Daisuke）
18 豐田秀樹（Toyoda Hideki）
19 中尾美奈子（Nakao Minako）
20 中島美咲（Nakajima Misaki）
21 橋本直也（Hashimoto Naoya）
22 平野奈美（Hirano Nami）
23 藤岡俊之（Fujioka Toshiyuki）
24 本多智恵美（Honda Chiemi）
25 松嶋義文（Matsushima Yoshifumi）
26 松本雅美（Matsumoto Masami）
27 丸岡香織（Maruoka Kaori）
28 水内祐輔（Mizuuchi Yusuke）
29 宮崎繪美（Miyazaki Emi）
30 八尋翔太（Yahiro Shouta）
31 山口寛子（Yamaguchi Hiroko）
32 山下敬太（Yamashita Keita）

以上32名

命令1【10月19日（星期一）午夜0點0分】

手機的鈴聲響起。

「……到底是誰啊，這麼晚了還……」

伸明在棉被上滾動，滾到手機旁邊，看到手機顯示收到簡訊。

【10／19星期一00：00　寄件者：國王　主旨：國王遊戲　本文：這是你們全班同學一起進行的國王遊戲。國王的命令絕對要在24小時內達成。※不允許中途棄權。＊命令1：男生座號4號・井上浩文、女生座號19號・中尾美奈子　兩個人要親嘴　END】

半睡半醒間，伸明揉著眼睛看完了簡訊。

「搞什麼鬼啊？惡作劇簡訊嗎？真是無聊透頂。」

他把手機切換到無聲模式，扔到堆積在地板的衣服上頭，又轉頭回去睡了。

隔天，伸明打開再熟悉不過的教室的門，跟大家打招呼：

「早安！」

同學們都站著，教室裡一片吵吵嚷嚷。大家圍在一起不知道在做什麼，伸明好奇地跑過去，想看個清楚。

「喂！你們在幹嘛？大家都站著，有什麼好玩的事嗎？」

這時，站在旁邊的直也這麼跟他說：

「怎麼？伸明沒有收到國王遊戲的簡訊嗎？」

「嗯？喔喔～～我昨天睡得正熟呢，結果被【國王遊戲】的惡作劇簡訊吵醒了。」

「這麼說，全班都有收到這樣的簡訊囉！大家都覺得這個簡訊很好玩，現在正要執行國王的命令呢！」

「好玩？你們還真要照做啊？」

在直也身旁，秀樹坐在桌子上，兩腳騰空晃蕩著。

「你看你看！浩文和美奈子都很害羞呢！也不過就是親一下嘛，該不會剛好是初吻吧？」

真美張開雙臂煽動著。

「快點親！快點親！」

秀樹把雙手圈成擴音器，這樣嚷著。

「國王的命令……？」

「絕對要達成！」

班上有一半的同學都這樣異口同聲地回答。浩文感到很困窘，他靠近秀樹，用手指戳戳秀樹。

「秀樹，你要不要親自試試看？感覺好丟臉耶！」

可是，另一方的美奈子，卻把雙臂環抱在胸前，左腳噠噠噠地踏著地面，不耐煩地等著。

「喂！……哪有讓女生等的道理啊？沒膽的傢伙。」

「妳、妳說什麼！我才不是沒膽的傢伙呢！親嘴有什麼了不起，親就親嘛！來啊。」

浩文好像也豁出去了。聽到他這麼說，秀樹臉上浮現笑容，右手豎起三根手指。

「好啊，浩文！我來倒數囉！」

「3、2、1、GO！」

「親就親嘛！」

浩文雙手搭在美奈子肩膀上，把臉湊上去。於是，兩人就在同學面前接吻了。

「喔喔！」

「咻——！咻——！」

「好耶！BRAVO！」

見到浩文和美奈子接吻後，看熱鬧的同學們響起一片歡呼。

「你很行嘛，浩文！」

美奈子依舊把雙臂環抱在胸前，靠近浩文，然後出其不意地賞了浩文一巴掌。

「好痛！」

浩文用手捂著被打的臉頰。

「爛・透・啦！」

美奈子這麼說道，轉身離開浩文面前。浩文帶著快要哭出來的臉，走到秀樹身旁。

「為什麼我非得跟她親嘴不可呢。」

「因為這是國王的命令啊，命令說浩文和美奈子要親嘴，有什麼辦法！」

「可是這實在～～」

「啊啊～～好玩好玩！明天不曉得還會不會收到國王的簡訊呢～～！」
秀樹離開桌子站了起來，看了浩文的臉一眼，就回到自己的座位去了。
「他們兩個，還真的在大家面前接吻呢！」
聽到伸明這麼說，
「嗯嗯……秀樹只要一開始起鬨，誰都阻止不了啊。」
直也點點頭說道。
「就是啊，要是明天又收到簡訊怎麼辦？說不定會輪到直也你喔？」
「別開玩笑了，我才沒那麼衰呢。」
「說不定可以和你暗戀的寬子接吻喔，不好嗎？」
「如果真是那樣就好了！」
直也紅著臉，喜孜孜地說道。
「哪有這種好事啊！你這蠢豬！」
「你敢耍我！」
直也開始追打伸明。

「大家回到位子上坐好！」
老師走進了教室，同學們趕緊回到自己的座位上坐好。
這時，伸明的手機收到了一則簡訊。

【10／19星期一8：25　寄件者：國王　主旨：國王遊戲　本文：確認服從　END】

接著，和平常沒什麼不同的一天展開了。上課、吃午飯、繼續上課，趁下課時間和同學打鬧玩樂，今天一整天的課就這樣結束了。

放學回家的時候，大家早就忘了今天一大早的國王遊戲。

命令2【10月20日（星期二）午夜0點0分】

伸明回家之後，和父母共進晚餐，還是跟平常一樣，度過晚上這段時間。

一面收看喜歡的電視節目一面大笑，稍微花一點點時間做功課，然後一面看漫畫一面大笑，唯一和平常不同的是……

【10／20星期二00：00　寄件者：國王　主旨：國王遊戲　本文：這是你們全班同學一起進行的國王遊戲。國王的命令絕對要在24小時內達成。※不允許中途棄權。＊命令2：男生座號18號・豐田秀樹、女生座號5號・井本祐子　豐田秀樹要舔井本祐子的腳　END】

快要睡著的伸明看到這則簡訊，慌忙地坐起身來。

「今天也有啊！……可是，要秀樹去舔祐子的腳，這根本不可能嘛。」

這時，伸明接到直也打來的電話。電話那頭的直也好像很開心。

「伸明，你收到國王的簡訊沒有？」

「收到啦，看到啦！還好不是指名要直也你去舔。」

「是沒錯啦……我不是這個意思，你覺得秀樹會去舔祐子的腳嗎？」

「絕對不可能啦！是秀樹耶，他才拉不下這個臉呢！」

伸明毫不猶豫地回答。

「可是，說不定他會照做喔。你會不會很期待明天啊？」

「嗯～～～那麼，明天就等著看好戲囉！」

「就是啊！」

隔天早上。

一走近教室，就聽到同學在吵架的聲音。伸明趕緊走到教室裡，看到好幾個同學正在和秀樹起爭執。

「為什麼我非得要舔那個噁心的祐子的腳！」

「可是，秀樹昨天也強迫浩文和美奈子親嘴啦！」

在爭論間，美奈子也加入了戰局：

「昨天我和浩文都服從命令接吻囉，所以秀樹你也要服從命令！」

秀樹終於按捺不住發火了，用力踹開椅子。

「煩死了！喂！浩文，你認為呢？你也覺得我應該照命令去舔祐子的腳嗎？」

浩文雖然露出唯唯諾諾的表情，卻不敢回話。倒是真美好像要袒護浩文似的，擋在浩文前方說道：

「這跟浩文有什麼關係！」

「到底怎麼樣嘛?浩文你回答我啊？」

「我代替浩文回答你吧!你還是乖乖聽命令去舔比較好！」

「我又不是問妳!給我閉嘴！」

真美突然開始拍手，然後呼朋引伴地喊了起來：

「快點舔！快點舔！快點舔！」

班上一半的同學都跟著喊起「快點舔」的口號，秀樹好像是認命了似的，帶著不爽的表情叫祐子過來。

「受不了你們。我舔總行了吧！祐子，快點過來。」

聽到秀樹大聲斥喝，祐子渾身發抖地走上前來。

「秀樹……你叫我嗎？」

「這是國王的命令對吧！我想舔妳的腳，快伸出來！」

秀樹半威脅似地這麼對祐子說。

「為什麼我要……」

「這是國王的命令啦！快點把腳伸出來。」

祐子一臉快要哭出來的表情，脫下了鞋子和襪子。秀樹看了看周圍的人。

「你們給我看清楚囉！」

他蹲下身子，把祐子的腳抬起來，在腳脛的地方舔了一下。周圍看熱鬧的同學們都愕然不已，接著秀樹才站起身來，再一次環顧四周，忿忿地說道：

「這樣總行了吧！滿意了吧？今天別再搞什麼蠢斃了的國王遊戲了，結束啦！以後不玩啦！」

秀樹瞪著同學們，祐子則是當場跌坐在地上哭了起來。智惠美趕忙跑到祐子身邊，用溫柔的聲音安撫她：

「祐子，妳還好吧？」

「嗯，我沒事……」

但是另一頭，在教室前面，秀樹又和真美吵起來了。

「真噁！你還真的去舔祐子的腳啊。」

「真美，妳煩不煩啊！我剛才話說得太快啦，要訂正！遊戲要一直玩到輪到真美為止。妳也要嚐嚐這種屈辱的滋味才行。」

「什麼蠢話。」

「到底是誰！班上是誰在傳這種簡訊？一定是班上哪個同學幹的吧？」

秀樹在教室裡來回走動，瞪著每個同學端詳，當然，也瞪著伸明和直也。

「直也！是你嗎？」

「才不是咧！」

「伸明！是你嗎？」

「怎麼可能是我！」

「下次再有誰敢命令我，我就宰了誰！」

秀樹用力把桌子踹開，衝出了教室。

「祐子還好吧？看她好像哭了的樣子。」

伸明趕緊跑到祐子那邊去，智惠美正輕撫著祐子的背部安慰她。

「很害怕吧？不過已經沒事啦。」

伸明不由得感覺到，自己其實有點在看笑話的心態，他覺得自己應該好好反省才對。

「喂，祐子還好吧？」

伸明這樣問道。

「好像漸漸冷靜下來了。以後別再玩什麼國王遊戲啦。」

「就是啊，連秀樹都遭殃了，沒有他強迫的話，遊戲自然就玩不下去了！打起精神來，祐子！國王遊戲已經結束啦。」

突然間，智惠美轉頭問伸明：

「對了！今天我可以去伸明家住嗎？」

「怎麼突然提這個？好啊，也沒什麼不行的，好久沒有在一起了！」

「最近都沒有一起約會了，真的隔了好久呢！」

智惠美其實是伸明的女朋友。

教室裡的氣氛已經和剛才不一樣，沉靜下來了。這時，祐子拿出手機看剛剛收到的簡訊，突然「呀啊」地尖叫，把手機扔了出去。

伸明撿起她的手機，看著螢幕。

【10／20星期二8：19　寄件者：國王　主旨：國王遊戲　本文：確認服從　END】

命令3【10月20日（星期二）下午4點35分】

放學後。

課堂已經結束，伸明在自己的座位整理課本和筆記簿，他跟智惠美說：

「走吧！」

「嗯！好久沒去了，很期待呢！」

走到家門口時，伸明假裝成管家，伸出手來迎接智惠美。

「敝人的寒舍，感謝公主大駕光臨！」

「哎呀，既然如此，我就打擾囉。我都來過多少次啦，還在玩這一套……」

一走進玄關，穿著圍裙的母親立刻帶著笑容出來迎接。

「哎呀，智惠美，好久不見啦！今天來玩嗎？」

「好久不見了，伯母。我又來玩了。」

「要我把晚餐送過去嗎？」

「嗄！不會麻煩嗎？」

聽到伯母這麼說，智惠美歡喜地雙手合十，這樣拜託。

「不會麻煩啦！待會兒我就拿到伸明的房間去。」

「謝謝伯母。」

伸明一面脫鞋子，兩人一面交談著。

「啊、智惠美，今天妳能住下來，真是太好了。」

「是嗎！聽你這麼說真令人開心。」

伸明和智惠美兩人，一直打電玩打到吃晚飯。吃過晚飯之後，才稍微做了一下功課，就想鑽進被窩去睡覺了。就在此時，兩人的手機同時響了起來。

伸明從棉被中伸出頭來，望著牆上掛的時鐘。時間剛好是午夜0點，兩人彼此互看了一眼。

「難道又是國王的簡訊？」

「恐怕是……」

「還要玩啊？這個惡作劇簡訊！這次又要搞什麼飛機？」

他爬出棉被，拿起手機確認簡訊內容。

【10／21星期三00：00　寄件者：國王　主旨：國王遊戲　本文：這是你們全班同學一起進行的國王遊戲。國王的命令絕對要在24小時內達成。※不允許中途棄權。＊命令3：男生座號18號・豐田秀樹、女生座號3號・石井里美　豐田秀樹要摸石井里美的胸部　END】

「真的假的……」

伸明和智惠美再次對看了一眼。

「秀樹又被指名了。可是這次……秀樹……」

「會很開心吧？」

「就是啊……里美雖然看來不起眼，可是也算是很可愛的那一型吧？」

「很可愛啊。」

伸明躺回棉被上，再一次確認簡訊內容。

「這是讓國王遊戲能繼續玩下去的計謀吧！他一定會很開心地服從命令。」

「可是里美不就很可憐嗎……」

伸明坐起身子，這樣問智惠美：

「明天的國王遊戲，就別玩了吧！昨天祐子已經夠倒楣了。」

「嗯！就這麼決定了。」

隔天早上，兩人比平常更早一點趕去學校，一抵達教室，就看到秀樹已經坐在講台那裡，好像在等著同學來臨一樣。

他一看到伸明和智惠美，就跟他們揮手。

「早安！」

秀樹滿面笑容地迎接他們，這個笑容，猜也猜得出來是為了什麼。

「你……今天怎麼特別早來學校啊。」

秀樹咧嘴笑了。

「因為今天特別有幹勁啊！今天國王遊戲的命令是【我要抓里美的胸部】對吧？這種國王遊戲，其實我也不想玩啦，可是，又不能違抗國王的命令。沒辦法啊！」

看到秀樹這麼興致高昂，伸明不禁錯愕。

「夠了吧？昨天的國王遊戲，已經把祐子給嚇哭啦。」

「你懂什麼！昨天對我來說是難堪的回憶耶！所以今天我一定要留下美好的回憶！」
聽秀樹興奮的說話口吻，伸明不由得感到悲哀，嘆了口氣。
「我說啊，這個國王遊戲到底要持續到什麼時候啊？」
「直到國王不再傳簡訊來啊！」
「你白癡啊？別再玩啦。我一開始也覺得很有趣，可是……昨天看到祐子那樣……」
「誰管你！」
「那要繼續到什麼時候！假如接到的命令會讓秀樹你很難看呢？那該怎麼辦？」
「到時候再說啦！」
就在他們談話時，同學一一來到教室內。
「你這個講不聽的傢伙！摸奶外星人！」
「是啊是啊～～那又怎樣？」
勸不下去了。
「不知道里美什麼時候會來呢？」
「唉……真的沒救了……里美今天大概要逃亡一整天了……」
其他同學們似乎對今天的國王遊戲也抱著期待。
秀樹大聲地在教室內宣告：
「要絕對服從國王的命令！」
對他的態度啞口無言的伸明，沒再多說些什麼，回到自己的座位，等待里美走進教室。

可是，又過了10分鐘，里美還是沒有現身。已經到了朝會時間了。

老師走進教室內，站在講台前，拿起點名簿這麼說道：

「首先要跟大家說一聲，今天石井里美因為身體不舒服，要請假在家休息。」

秀樹把椅子踹開，猛然站了起來。

「別耍我！她一定是在裝病！」

看到秀樹旁若無人地站起來大喊，老師也不甘示弱地怒斥回去：

「你幹什麼！給我安靜坐下！」

秀樹沒轍地把椅子重新放好，心不甘情不願地又坐了回去。

「我很抱歉。這樣可以了吧……」

朝會結束後，真美跑到秀樹面前，用極盡嘲諷的口吻說道：

「真可惜啊！這麼早來上學，心裡一定很雀躍吧！里美逃跑了嗎？我看她根本就很討厭你吧？她才不想讓你摸胸部呢！」

「誰要妳多管閒事！」

伸明則是跟智惠美說起悄悄話來。

「里美這次是裝病請病假吧？」

「絕對是！她才不想被那傢伙亂摸一把呢……真是可憐。」

這天，什麼事也沒發生，就這樣過去了。

照常理來說，國王遊戲通常是5、6個好朋友在玩的遊戲。伸明他們班上有32個人，一起玩這個遊戲，人數似乎多了一點。

回到家以後，伸明走進房間，倒在棉被上小睡一會兒。

「呼……今天真是有夠累。」

像是突然想起什麼似的，伸明倏地爬起身來，從書包裡拿出手機，確認有沒有簡訊，接著就打電話給秀樹。

「秀樹？喂喂？」

電話的那一頭，充斥著吵雜的聲響，根本聽不清楚對方在說什麼。

「要……什……事？」

「喂！你是不是跑去打小鋼珠啊？我聽見聽牌的聲音囉！高中生不准去打小鋼珠耶，你這蠢豬！我不管你啦！」

伸明把電話給掛了，然後將手機扔在棉被上。由於伸明一直沒收到【確認服從】的簡訊，所以他才想跟秀樹問問，他有沒有遵照命令行事，沒想到那傢伙早已經玩瘋了，根本不當一回事。算了，不想理他了。

不知道過了多久，伸明突然睜開眼睛，盯著時鐘一看，已經是半夜11點50分了。

「慘了！一睡就睡這麼久！媽怎麼沒叫我起來啊。」

再過10分鐘就是午夜0點。國王還會傳簡訊來嗎？伸明拿出手機。

房間裡，只聽得到時鐘在滴答作響。半夜11點55分了。

【收到簡訊：1則】

「嗯？是誰寄來的？國王的簡訊應該是半夜0點才會收到啊。」

他把簡訊打開來確認一下。

【10／21星期三23：55　寄件者：國王　主旨：國王遊戲　本文：還有5分鐘　END】

「什麼意思？什麼還有5分鐘？再過5分鐘，今天就結束了是嗎……」

伸明躺回棉被上，拿起手機，盯著螢幕瞧。

又收到一則簡訊。

【10／21星期三23：58　寄件者：國王　主旨：國王遊戲　本文：還有60秒　END】

之前沒收到過這種形式的簡訊吧？……這麼回想起來，國王在之前的簡訊裡，好像有提到過【命令絕對要在24小時內達成】，難道……這是倒數計時？

他想把昨天的簡訊調出來看個清楚，正當伸明想要按下按鍵時，又收到了一則簡訊。

【10／21星期三23：59　寄件者：國王　主旨：國王遊戲　本文：因為沒有服從國王的命令，所以處以吊死的懲罰。男生座號18號・豐田秀樹、女生座號3號・石井里美　END】

「搞什麼啊？這個簡訊！秀樹和里美的懲罰是吊死？這是什麼意思？」

命令4【10月22日（星期四）午夜0點0分】

【10／22星期四00：00　寄件者：國王　主旨：國王遊戲　本文：這是你們全班同學一起進行的國王遊戲。國王的命令絕對要在24小時內達成。※不允許中途棄權。＊命令4：男生座號17號・田崎大輔、女生座號20號・中島美咲　兩個人要做愛　END】

伸明深深地嘆了一口氣。

「居然要他們兩人做愛……玩到這樣已經太過火了吧！絕對不可能啦。」

這時，他接到了智惠美打來的電話。

「怎麼了？」

智惠美的聲音聽起來十分慌張。

「你還問我怎麼了！剛才那4則簡訊究竟是怎麼回事？秀樹和里美要接受吊死的懲罰？而且，下一道命令居然要大輔和美咲做愛！美咲是翔太的女朋友啊，怎麼可以這樣呢！這樣整人太過分啦！」

「就算妳一直問我，我也不知道怎麼辦啊。這個命令……辦不到啦。妳要是擔心秀樹和里美的話，不如打電話去問問看？我打電話給秀樹，妳打電話給里美好了。」

「就這麼辦！」

於是伸明掛了電話，又重新撥給秀樹，可是，只聽到漫長的等待鈴聲。

「搞什麼鬼，秀樹這傢伙！還在打小鋼珠嗎？……還是乾脆把手機給關掉了？」

掛掉電話，重新打給智惠美。

「里美接電話了嗎？」

「她沒有接……」

「是嗎……」

聽到智惠美的說話聲中充滿了擔心，伸明笑著這麼跟她說道：

「這種窮極無聊的國王簡訊，算了，別管了！」

「是嗎……可是……」

「他們絕不可能乖乖照著簡訊的指示跑去上吊啦，想也知道，對吧？早點去睡吧，明天到學校去就知道怎麼回事啦。」

「明天啊……」

「就等明天啦！今天好好睡覺吧。」

「我知道了……晚安囉。」

因為知道智惠美擔心得不得了，所以伸明才故意用笑聲打混過去，可是，他的內心卻有一股奇特的不安感。他又再一次打電話給秀樹，果然，還是沒人接。因為伸明沒有里美的電話號碼，所以也沒辦法打過去確認。

「……就只好等明天囉。」

伸明像是放棄了似的，回到床上繼續睡覺。

隔天早上。

教室裡的同學們都在嘰嘰喳喳地討論著國王遊戲的事。真美和美咲兩個人聊得正起勁。

「美咲，妳看過這次的簡訊了嗎？要做愛、做愛耶！」

真美拍手大笑道。

「我看到啦！剛開始看到我的名字時，我還有點好奇，不知道會是什麼命令，結果一看，居然是要做愛！」

「做愛這種事，連我都不敢隨便起鬨了，畢竟妳早就有男朋友了嘛。」

「真的做愛的話，翔太一定會氣炸了！假如是別的命令，那倒還可以接受啦。」

「美咲，其實妳也很愛玩這種遊戲嘛。」

兩個女生嘻嘻哈哈地拍手大笑。

「什麼話！我還比不上真美呢。妳之前在街上被帥哥搭訕，就跟他跑去開房間了，不是嗎？」

「呀啊——！妳怎麼知道？」

「這個世界很小的。」

美咲拍打著真美的背部，兩人的笑聲充斥在整間教室裡。伸明走到大笑不止的真美和美咲身旁，這樣問道：

「真美，妳不是跟秀樹很熟嗎？昨天晚上到今天早上，妳有沒有跟他聯絡過？」

真美笑著回答說：

「有啊！大概10點吧，他那時打小鋼珠贏了不少，還洋洋得意地跟我炫耀呢。」

「10點？那之後呢？」

「就沒有啦。」

「是嗎……我昨天晚上過了12點還有打電話找他，可是他都沒有接，後來也沒回撥給我。」

「所以咧？」

真美的口氣倒是滿不在乎。

「真美都不擔心嗎？秀樹和里美被處以【吊死】的懲罰耶，妳沒有收到簡訊嗎？會不會……打個比方說，那個傳國王簡訊的人，會對秀樹和里美做什麼惡作劇？」

「哎呀～～我才不擔心呢！我比較在意的是大輔和美咲被國王命令要做愛這件事。」

她滿腦子都想著做愛啊。

「是嗎……那就謝了。」

伸明回到自己的座位上。

教室裡，對這次的「命令」感到興奮又好奇的同學們，圍繞在大輔和美咲身邊。都沒有人注意到嗎？秀樹和里美都還沒到學校呢。

「喂，智惠美，秀樹和里美還沒來嗎？」

「還沒有耶。而且，里美也一直沒有回電話給我。」

「已經快到朝會的時間了呢……」

不久之後，老師帶著異樣的氣氛走進教室。結果，秀樹和里美還是沒有出現。同學們紛紛回到座位上去，這時老師開口說話了：

「我有一件令人難過的消息。豐田秀樹同學和石井里美同學，昨天晚上去世了。今天早上，他們的家長已經打電話到學校來，通知學校了。」

教室裡一片譁然。伸明從位子上站起身來問道：

「老師，秀樹和里美，該不會是上吊吧？」

一瞬間，老師楞住了。

「是這樣沒錯……你是怎麼知道的？」

「……這個……」

「他們的家長，懷疑小孩在學校遭到了霸凌。可是，老師跟雙方家長保證過，絕對沒有這回事。」

「秀樹才不是那種會因為遭到霸凌而自殺的人呢！他才不是這種人呢！」

伸明毫不猶豫地怒吼道。智惠美則是雙手掩面，哭了起來。

「就是啊！也沒有人欺負過里美啊……」

「老師也是這麼認為的，所以請大家不要自責！」

教室裡有些人痛哭起來，有些人低下頭去，有些人臉上徬徨不安。這時，不知是誰突然喊道：

「這跟昨天的國王遊戲命令有關聯嗎？」

教室裡再度充斥著竊竊私語。

「什麼東西？什麼國王遊戲？」

於是，伸明把這幾天班上發生的事，一一向老師說明。

全班同學在午夜0點會收到簡訊，簡訊裡會對班上的某幾個同學下命令。秀樹和里美昨天沒有遵守命令，會不會因此而遭到不測云云，伸明這樣報告著。

「天底下哪有這種蠢事！什麼亂七八糟的簡訊，你們也信以為真嗎？我知道這次的事大家很難接受，可是，大家不要太鑽牛角尖，還是把心思擺在用功念書上面吧。今天的朝會結束。」

「等一下……老師……這種情況下，要我們怎麼用功念書啊……」

可是老師早已經走出教室，沒把伸明的話聽進耳裡。

「這怎麼可能呢！秀樹和里美都死啦！他們是我們的同學耶！用功念書真的有那麼重要嗎？比朋友還重要嗎！」

伸明對著空無一人的講台，這樣大喊著。他看著秀樹和里美的座位，昨天還坐在那裡的兩人，今天已經離開人世了。

「沒有人能告訴我嗎？為什麼要上吊呢……」

老師一離開教室，同學們趕緊就聚在一起，討論起來。

「難道說，沒有遵從命令的話，下場會是這麼恐怖嗎？」

「怎麼可能！」

「可是他們……」

當真美和美奈子正在交談時，伸明從中打斷了她們的談話。

「遊戲有那麼重要嗎！妳們好歹也該關心一下秀樹和里美吧……」

這時，美咲臉色鐵青地靠了過來。

「噯！假如國王遊戲是玩真的，那……我不跟大輔做愛的話，會不會變得跟秀樹他們一樣？」

伸明沒辦法回答。他很想說：「不要在乎那種無聊的命令。」可是，秀樹和里美上吊而死卻也是事實。

突然，翔太生氣地大喊道：

「美咲！千萬別相信這種事！一定是碰巧的。妳要是真的照國王說的去跟大輔做愛，我絕對會跟妳分手！」

美咲用顫抖的聲音回答他說：

「可是……假如不聽命令的下場，是這麼可怕的話……」

「我才不相信有這種事！大輔，你給我過來！」

大輔怯懦地靠近翔太。

「……你說呢？」

翔太雙手抓緊大輔的領口，把他的身體提了起來。

「你要是敢用國王的命令當藉口，跑去跟美咲做愛，我絕對會宰了你！」

大輔把臉別開，不想正面頂撞翔太。

「我知道啦……」

「聽到了沒！美咲，妳也一樣！」
「可是……」
實在看不下去的伸明，趕緊過去仲裁。
「算啦，翔太，先不要急著發火嘛，他們兩個人又沒有做什麼壞事。」
「你煩不煩啊！要你多管閒事！」
翔太放開抓住領子的雙手，朝教室外跑去，美咲則是回到座位上。
「噯，真美、美奈子，我該怎麼跟他解釋才好？難道我應該去死嗎？」
兩人都不敢多嘴。對大輔、美咲，以及翔太而言，秀樹和里美離開人世的消息，遠不及自己目前面臨的抉擇來得重要。直也跑到伸明的面前，這麼問道：
「國王遊戲是玩真的嗎？如果真是這樣……」
伸明用手撥開擋在面前的直也。
「國王遊戲、國王遊戲算個屁！秀樹和里美兩個人都死啦！」
「啊……抱歉……」
智惠美在一旁哭泣著。伸明用手輕輕地撫摸她的頭，伸明自己眼眶裡的淚水，也跟著潰堤了。
秀樹和里美再也不會回來了。沒有遵從命令的秀樹和里美，真的照著簡訊裡寫的方式自殺了。這讓全班同學都陷入了恐慌之中。
這次的命令，該不該服從呢？兩位同學的死，難道真的是偶然嗎？

在混亂的教室裡，美咲拿出手機，好像要傳簡訊給誰的樣子。

有些人，對國王遊戲的懲罰非常在意。有些人，對秀樹和里美的死感到悲傷。也有些人，不知道秀樹和里美的死是不是單純的巧合，因此而困惑不已。

平常一起上課嬉鬧的秀樹和里美都不在人世了，教室裡的氣氛全變了樣。

或許漸漸地感受到朋友已死的事實吧，大多數的同學都被哀傷所感染。瞭解到秀樹和里美再也不能跟大家一起上課了，在課堂上，好多同學都忍不住哭了起來。

到了放學鐘響，伸明正在整理書包、準備回家時，智惠美一臉哀愁地靠了過來。

「今天我可以住你家嗎？我想跟你在一起。」

伸明輕輕地拍了智惠美的頭一下，溫柔地回答：

「妳就來住吧！」

智惠美笑了起來，抓住伸明的制服袖子。

在回家的路上，兩人沒有對話。就算要開口，也免不了會談到秀樹和里美吧。一旦想起這件事，又會忍不住哭起來了。他們都不想提起國王遊戲的事。

回家的路上，智惠美都一直緊抓著伸明的制服袖子。進房間之後，兩人還是沒有交談，只是互相依偎著。他們兩人都覺得，彼此的體溫能夠療癒他們受創的心靈。

也不知過了多久，伸明和智惠美的手機鈴聲突然同時響起。

【10／22星期四21：12　寄件者：國王　主旨：國王遊戲　本文：確認服從　END】

伸明猛然站了起來。
「該不會……大輔和美咲真的照命令去做了吧？」
智惠美忍不住哭了起來。
「或許是吧……假如，下次我們也接到這樣的命令，那該怎麼辦？伸明？」
伸明抱著智惠美安慰她：
「誰說國王的命令非服從不可的！可是，這麼一來，全班同學不就都知道大輔和美咲做愛這件事了？真是倒楣。」
「翔太一定氣瘋了……」
「我想也是，可是我不知道大輔的電話，沒辦法打電話問他。妳知道美咲的電話嗎？」
「我知道。」
「那妳打電話給她……不、還是不要打比較好。」
「為什麼？」
「要問什麼呢？難道要問她，妳跟大輔做過了嗎？」
「我不敢問……」
「所以說囉！」
收到確認服從的簡訊，就表示大輔和美咲因為害怕遭到懲罰，所以被迫執行命令了。
幾個小時之後，手機再度響起。已經睡著的伸明，爬起來揉著眼睛拿起手機。
【收到簡訊：1則】

他打開電燈，搖醒智惠美，智惠美也是一臉睡眼惺忪。

「什麼？」

「又收到簡訊了，大概又是國王的簡訊。」

【10／23星期五00：00　寄件者：國王　主旨：國王遊戲　本文：這是你們全班同學一起進行的國王遊戲。國王的命令絕對要在24小時內達成。※不允許中途棄權。＊命令5：男生座號30號・八尋翔太　八尋翔太要在大家面前自由下達命令。接到他的命令的人，必須服從照做，就像服從國王的命令一樣　END】

「變成由翔太來下命令了！」

智惠美用很想睡的聲調這樣回答：

「那這次就沒事了吧？只要他隨便下個簡單的命令就好了……」

「對啊！妳……根本沒睡醒對吧？」

「晚安。」

「什麼樣的命令叫做簡單的命令？」

智惠美冷冷地回說：

「睡覺。」

「這樣的命令很曖昧吧？要更單純一點的，比方說『吃飯』或是『呼吸』這類的，怎麼樣？」

此時的智惠美早已沉入夢鄉之中。

「……對啊……睡吧。」

命令5【10月23日（星期五）上午8點15分】

在教室的一角，翔太和大輔發生嚴重的爭執。

「你昨天一定是和美咲做過了，對吧？」

「我沒辦法呀……」

「沒辦法？你瞧不起人啊！居然睡我的女人！」

翔太抓起大輔，將他用力地按在牆邊。

「美咲，妳給我過來！」

美咲用手摀著臉，淚水在眼眶裡打轉。

「真的很對不起！因為我真的很害怕……」

「所以呢？我不是說了嗎，不要相信什麼國王遊戲！照大輔所說，是美咲妳主動發簡訊給他，約他出去的，是這樣嗎！」

「我就說……我很害怕嘛。」

「居然敢瞧不起我！我要跟妳分手！」

「不要這樣說啦……你要諒解我啊。」

美咲難過得蹲坐下去，哭著大嚷起來，但是，卻止不住翔太的怒氣。

「說到頭來，全都要怪大輔，都是你的錯！就算是美咲主動找你，你不要赴約不就成了嗎！」

翔太猛力揮拳毆打大輔，大輔的臉一歪，噴出了鼻血。翔太還想再補一拳，卻被伸明趕忙拉住了。

「住手！別再打啦！就算大輔有錯，你也打得太過火了吧！」

伸明把翔太的身子架住，強迫翔太放開大輔。過了一會兒，突然間，翔太對著班上其他同學，伸開雙臂這麼說道：

「這次國王要我來下命令對吧！簡訊是這樣寫的吧？你們說對不對！」

「你想幹嘛？」

一瞬間，教室好像凍結了一樣。

「那我要下命令囉。大輔要像秀樹和里美一樣，去上吊自殺！」

翔太用很狂妄的口吻這麼說，伸明趕忙制止翔太。

「你為什麼要說這種話！照你這樣說，大輔不管服從還是不服從都一樣啊，一點幫助也沒有嘛！」

「我不是說過了嗎，不要相信就好了嘛！大輔和美咲現在一定會瞭解到，什麼狗屁國王命令，根本就不該相信這種遊戲！不是嗎？」

翔太用手拍拍伸明的背，就這樣走了。伸明瞪著翔太的背影。

這時，手機響起了收到簡訊的鈴聲。全班同學都把手機拿出來看。伸明沒料到會有這一著，也趕緊打開手機確認簡訊。

【10／23星期五8：21　寄件者：國王　主旨：國王遊戲　本文：這是你們全班同學一起

進行的國王遊戲。國王的命令絕對要在24小時內達成。※不允許中途棄權。＊命令5：男生座號17號・田崎大輔　田崎大輔要上吊而死　END】

「我該怎麼辦才好！」

大輔像是發瘋似的，大叫著跑出教室。看到這一幕，翔太冷冷地嘲笑說道：

「你活該！」

「你這傢伙……！」

伸明緊握拳頭，衝到翔太的面前。

「住手！不要讓問題變得更複雜了，好嗎？」

「就是啊！現在最重要的，是要先想辦法解決大輔面對的問題啊。」

智惠美和直也都趕來制止伸明，讓他的拳頭暫停下來。

「智惠美，老師來了之後，就跟他說我會晚點進教室。我先去找大輔。」

伸明跑到走廊上張望，可是大輔已經跑得不見蹤影了。廁所裡、樓梯間、學生餐廳也都找過了，一個人影也沒有，後來去鞋櫃看，才發現大輔的皮鞋不見了。

有可能跑到校園的哪裡去了吧，伸明也換上皮鞋，在校園裡繼續呼喊。

「大輔！大輔！你在哪裡？」

伸明到校園四周、運動場去搜索，一直走到校舍別館的後頭，才發現大輔坐在池塘邊的大石頭上。

伸明放輕腳步，靜靜地朝大輔背後接近，然後用手拍了他一下。大輔像是受到了很大的驚嚇似地聳起身子，才慢慢回過頭來看著伸明。

「嚇死我了！伸明……你怎麼來了？」

「我怎麼來了？當然是因為擔心你啊。」

「喂，我到底該怎麼辦才好啊？你能不能告訴我？」

伸明坐到大輔旁邊，帶著笑臉指一指他的手機。

「別去相信什麼國王遊戲就好啦。」

「即使秀樹和里美發生那樣的事？」

「你就當作那是偶然吧。」

大輔撿起地上的小石頭，往池塘裡扔去。

「實際接到命令的人又不是你，對你來說當然很簡單啊……」

「……抱歉。」

「伸明，你快點回教室去吧，第一堂課就快要開始了。」

「大輔也一起回去啊……」

「我還想在這裡多坐一會兒。」

「既然如此，我們就一起回去，一起挨老師的罵吧！」

伸明把手伸向大輔，就在此時——

「啊、我想到一個好點子了！假如國王遊戲是玩真的，那麼，午夜0點一到，沒有遵守命令的人，就會受到懲罰對吧。」

「大概是吧……」

伸明站在大輔面前，將兩手一攤。

「既然如此，那麼，在受到懲罰的時候，只要旁邊有人陪著，就不怕出事啦。」

「什麼意思？」

「意思就是說，晚上我會一直陪著你，你就不會想到要上吊自殺啦！」

「對啊！就算我突然想上吊，伸明也會出手制止我！今天晚上，你要一直陪著我嗎？」

「嗯，沒問題！」

伸明拍拍自己的左胸，很有自信地這麼說。

「謝謝。」

大輔終於開心地笑了。

「真是太好了！我們快回教室去吧。」

回到教室門口的伸明，知道裡頭已經開始上課了，誠惶誠恐地把門打開。

「喂！你們兩個！跑到哪裡去鬼混了！已經上課很久啦。」

伸明一面點頭道歉，一面走進教室。

「對不起……我今天好像有點便祕，蹲廁所蹲了好久才……」

「說什麼蠢話！哪有人上廁所這麼久的，小心得痔瘡啊。快回座位上坐好！」

「真的很抱歉……」

大輔小聲地對伸明說：

「果然被罵了，抱歉，都是我的錯。」
「沒什麼啦，我挨罵也不是第一次，早就習慣了。」
回到座位上之後，手機突然收到簡訊。
【10／23星期五9：23　寄件者：本多智惠美　主旨：辛苦你囉！　本文：太好啦，雖然挨了一頓罵。你真的便祕嗎？　END】
伸明向智惠美那個方向比了個V字的和平手勢，脫口而出道：「我才沒有便祕、也沒有得痔瘡呢！白癡！」
「你想到教室外頭去罰站嗎？」
「對不起……」
智惠美對著伸明笑了，也回了他一個V字和平手勢。
「為什麼要用和平手勢啊？……真是搞不懂。」
放學後，伸明和大輔約好要在校門口會合，等了大約5分鐘，大輔才走出來。
「抱歉我來遲了！」
「沒關係！你又多了一位幫手啦。」
直也從伸明的背後探出頭來。
「我想，人多一點，大輔會更放心吧，所以自願參加了！可以嗎？」
大輔露出非常開心的表情。

「伸明、直也，真是太感謝了！」
「不要這樣見外啦！」
三個人一起走向大輔家。那是在豪華住宅區裡的一棟獨立戶豪宅。
「我家到啦！」
這棟豪宅有白牆圍繞的庭院，停車場裡停著豐田、福斯、凌志的旗艦車款，把伸明嚇得目瞪口呆。
「這是什麼？超級富豪？」
「只是稍微有點錢而已啦。」
「什麼叫有點錢！比我家大十倍以上吧。」
「好啦，快進來吧。」
走過精心鋪設的石板路，來到玄關前，大輔的母親已經出來迎接了。
「你回來啦。咦？有朋友啊？」
「我回來了。」
「對啊，他們是伸明和直也！今天要住在我們家。」
伸明在大輔的耳邊悄悄地說：
「你媽好漂亮喔，比我媽漂亮28倍耶。」
「住在豪宅裡，又有漂亮的媽媽……真是令人羡慕啊！」
伸明和直也都很有禮貌地向伯母打招呼。

「敝姓金澤！伯母，您真的好漂亮啊。」
「我是橋本，今天要來府上打擾了。」
「哎呀，金澤同學嘴巴還真甜呢。」
「哪裡哪裡，我是實話實說。」
「別再客套個沒完啦，快點進來吧。」
大輔紅著臉，用手推著伸明他們的背，硬把他們推進自己的房間裡。
吃過大輔的母親特地做的豪華料理當晚餐後，伸明、直也和大輔盡量不去想什麼國王遊戲的事，大輔拿出電視遊樂器和一大堆遊戲軟體，三個人盡情地玩著，只不過，大輔偶爾會露出悲傷的表情。
「上次他們沒服從命令的時候，在5分鐘前會收到簡訊，這次應該也會吧。」
三個人停下了手邊的遊戲，用非常認真的態度拿出手機，集中放在前方，等待時間到來。時鐘的秒針滴答作響，變得特別清晰又大聲。忽然間，三人的手機同時響了起來。
【10／23星期五23：55　寄件者：國王　主旨：國王遊戲　本文：還有5分鐘　END】
「我、我該怎麼辦？伸明！」
「就跟你說放心啦！我們都在這裡陪你啊！再說，什麼繩子之類的東西，不是都已經拿到別的房間去收好了嗎？你想上吊也沒繩子可用啊。」
接著，三人的手機又再度同時響起。
【10／23星期五23：58　寄件者：國王　主旨：國王遊戲　本文：還有60秒　END】

「來吧，大輔、直也！圍起陣形！」

三人用手臂搭著手臂、圍成一個圓圈坐好，手機第三度響起了簡訊鈴聲。

「因為沒有執行命令，所以是懲罰的簡訊吧。我要看囉！」

【10／23星期五23：59　寄件者：國王　主旨：國王遊戲　本文：因為沒有服從國王的命令，所以處以吊死的懲罰。男生座號17號・田崎大輔　END】

「我才不會讓大輔上吊呢！」

伸明用激勵士氣的語調說道。雖然他們三人的手機接著又收到了不知誰傳來的簡訊，但是他們不為所動，依舊保持著搭起手臂圍成圓圈的陣形。過了5分鐘……10分鐘……30分鐘……60分鐘。直也終於抬起頭來說：

「已經沒問題了吧？」

伸明也緩緩抬起頭來。

「好像什麼都沒發生嘛。」

「這麼說我得救囉？」

「好像是！」

大輔站了起來，仍舊緊握著伸明和直也的手。

「得救了！我真的得救了！伸明、直也，真的太感謝你們了！」

大概是心情終於鬆懈下來了吧，大輔的雙眼流下淚水。

「秀樹和里美，他們的死全都是偶然的。國王遊戲根本是假的、是惡作劇！太好啦，大輔！」

伸明這麼說完，便仰躺在地板上，三個人都從恐懼中得到解放，盡情地沉浸在喜悅之中。

這時，伸明的手機響起了鈴聲。看看螢幕，是智惠美打來的。

「怎麼啦，智惠美？我們正在慶祝呢。」

「你們那邊好像很興奮的樣子，大輔呢？他沒事吧？」

「他好得很呢！所以我們才會這麼開心啊！」

「那真是太好了！這下可以放心了。不過，你們看過國王的簡訊了嗎？下次換成直也呢！」

伸明朝大輔和直也的方向望去，兩人正開心地聊著天呢。

「呵呵，國王下一個指定的人是直也啊？」

智惠美的口氣一變，帶著火氣：

「你還有心情說這種話！難道一點都不害怕嗎！」

「因為大輔平安無事啊，這表示國王遊戲根本是騙人的把戲，對吧？所以囉，直也他也不會怎樣啦！何必自己嚇自己呢？」

「啊、對喔！那我真的可以放心了。你們可不要玩得太晚喔，我要先去睡了。」

「祝妳好夢！我最愛智惠美了！啾！」

「你真的很噁耶……」

「只要說我很噁就行了，不用加上『真的』啦。」

於是，三個大男生繼續玩他們的Wii和PS3，白熱化的激戰一直持續到凌晨3點。

隔天早上，7點8分。雖然很晚才睡，但是伸明在鬧鐘響起前就先醒來了。不知為什麼，總覺得身子好沉重啊，往旁邊一看，原來直也從他背後抱著他睡覺呢。

「抱那麼緊幹嘛，你很噁耶！」

伸明一腳踹開了直也。

「我想抱著你睡覺嘛～～」

「你這傢伙，睡相有夠差。而且飢不擇食。快醒來，直也！」

伸明用手指猛力地彈了直也的下體，直也痛得摀住褲襠，露出痛苦萬分的表情。

「聽你叫得跟鴨子一樣，醒了吧？大輔也該起床啦……」

往床上一看，沒看到大輔躺在上面。伸明打開電燈，再一次朝四周張望。

「……大輔！不會吧……」

伸明看到的，是吊死在房間另一頭的大輔。他臉上凝結著痛苦的表情，脖子上有無數的抓痕，而手臂早已失去了力氣，垂掛在身子兩旁。

幾個小時前，他們三人一起玩的電視遊樂器的電線，就纏繞在大輔的頸子上。

「為什麼會這樣！為什麼會這樣！只因為沒有服從國王的命令嗎？」

伸明跪在地板上哭泣著，用力地搥打地板。直也也發現大輔的死狀了。

「不會吧？喂！伸明……剛才、不久之前，我們還跟大輔一起玩的啊……」

直也把額頭靠在伸明的肩膀上，哭喊著：

「這是為什麼！這是什麼國王遊戲！為什麼要這樣整人！」

兩人的喊叫聲，在大輔的家中迴盪著。這時，直也突然恢復理智似地說道：

「說不定還有救，我們快點叫救護車。」

直也趕忙拿起手機撥打119，伸明把捲在大輔脖子上的電線解開，抱著他的身體，把大輔放回床上，緊握著他的手。

「好冷的手……太冰冷了……臉色這麼白……嘴唇也是……」

看著放在床上的大輔，伸明多麼希望自己現在只是在作惡夢。

「對不起……我們以為時間過了，就可以放鬆警戒了。假如我們一直保持警覺的話，就不會發生這種事了。我們來陪你，不就是為了這個嗎……」

伸明抱著大輔的遺體，一滴眼淚緩緩地從他的面頰滑過。身體仍舊是那麼冰冷，臉頰、嘴唇、手掌、手臂全都是蒼白的，一點血色也沒有。眼睛則是緊緊地閉著。

聽到騷動的聲音，大輔的母親也趕到房間來了。

「大輔……怎麼回事？」

看到躺在床上的大輔，伯母好像無法理解究竟發生了什麼事。她靠上前來，溫柔地撫摸著大輔的臉頰，但是臉上卻毫無表情、一片木然。

「大輔！快點起床！」

大輔的母親用力握著大輔冰冷的手，眼睛望著遠方，沒有辦法接受大輔已經死亡的事實。

「對不起……早上起床時……才發現……他上吊了。」

「大輔……快點起床。」

「昨天晚上……」

「你的同學都已經醒來啦。」

「……」

直也叫的救護車已經趕來了，嗡嗡嗡的警笛聲越來越近。

「救護車……可是，已經太遲了。來也無濟於事了。」

伸明用力地握緊拳頭。

大輔的遺體被送上救護車，和母親一起被載送到醫院去了。直到最後一刻，大輔的母親好像還認定大輔只是睡著了，畢竟，她無法接受這樣的現實。

聽到救護車的警笛聲漸行漸遠，就像是大輔的生命被人強行帶走了一樣。

這股悲哀，該往何處傾倒？這股怒氣，該往何處宣洩呢？

「直也，不論發生任何狀況，我一定會好好保護你和智惠美的！」

伸明站在原地，這麼說道。

「我也一樣。我們是最好的朋友！要一輩子都當好朋友！」

「可是，你睡覺可不可以不要抱著我。真的很噁耶……」

「你說什麼～～被我抱一下會死啊！」

伸明和直也無力地笑著，開著無謂的玩笑。不這麼做的話，他們擔心自己可能會陷入瘋狂崩潰的情緒之中。

雖然兩人笑著，但是眼睛卻不爭氣地流下了淚水。看著朋友死在自己面前，沒有比這更令人難過的事了。

隨後警察前來訊問事發經過，伸明只回答說：「早上一起來，就發現他上吊了。」畢竟，如果他回答：「因為國王遊戲的懲罰是上吊而死。」警方也不可能會相信這種說詞的。

命令6【10月24日（星期六）上午8點6分】

手機裡有兩則未讀的簡訊。

「呃……一則是智惠美寫的，叫我們快點去學校……可是，現在哪有心情去上課啊。」

「嗯嗯，的確。」

接著，打開另一則簡訊來看。

【10／24星期六00：00　寄件者：國王　主旨：國王遊戲　本文：這是你們全班同學一起進行的國王遊戲。國王的命令絕對要在24小時內達成。※不允許中途棄權。＊命令6：男生座號21號・橋本直也、女生座號9號・上田佳奈　全班同學要對這兩人進行友情對決投票。得票數較少的一方要接受懲罰。如果沒有進行投票，兩人都將遭到懲罰。※不允許投廢票　END】

看到簡訊的那一瞬間，伸明好像全身失去了力氣似的，手機摔落到地面上。

「我都忘了……這次指定的人是直也。為什麼選直也呢……」

「友情對決投票？輸的人要受罰？這不就是說，一定有一個人要倒楣嗎……如果我贏了，佳奈就要受罰，我輸的話，我就要受到懲罰……」

直也抱著頭，煩惱不已。自己想要活命的話，就得要犧牲班上同學的性命。投票的人其實也不好受，因為大家投票的結果，很可能會導致其中一人死亡。

這次的投票，真的是考驗「友情」的投票。

伸明馬上打電話給智惠美。

「妳現在在學校嗎？」

「是啊，你們怎麼還沒到啊？今天雖然是週六，可是還是要上課喔。」

「我們馬上就趕過去！我另外有事要跟妳說。」

「什麼事？」

伸明吞了吞口水，一口氣把話說完：

「那個國王遊戲是玩真的。大輔就在我們身旁被吊死了。」

「嗄？那麼……大輔已經……？可是，這次國王發出的命令呢？」

「命令非得要執行不可。如果不照做的話，直也就要受罰了。我現在就去學校，跟同學們說明這件事。」

「……」

「我一定會保護直也不受傷害的！」

伸明這麼說完，就把電話掛了。

他身邊的直也，還是抱著頭，蹲在地上。

「我們去學校吧！」

「去學校又能怎麼樣……」

他抓起直也的手腕，用蠻力把直也拉起來。

「既然要投票，你的票數一定要贏過佳奈才行！」

「可是那樣佳奈會受到懲罰呀……」

看著被恐懼給嚇呆了的直也，伸明怒斥道：

「難道要我看著你接受懲罰嗎！雖然不知道是什麼樣的懲罰，但是很可能會害死你啊！我絕不能接受這樣的結果！」

「伸明……」

「絕不能讓直也受罰！雖然這麼說很對不起佳奈，可是你一定要贏。」

伸明和直也快步跑到學校，來到教室門口，伸明一把推開了教室的門，然後用銳利的目光直瞪著翔太。

「金澤！你又遲到了。開門那麼用力做什麼，有沒有在反省啊！」

伸明耳朵根本聽不進老師的話，直接走向翔太的座位，猛力揮拳打在翔太的臉頰上。翔太被這股力道打得從椅子上跌落下來，一屁股坐在地上，教室裡立刻吵成一團，還有幾個女孩子發出尖叫聲。

「就是因為你，大輔上吊死啦！都是你害的……」

伸明對著坐在地上、搞不清狀況的翔太，劈頭一陣痛罵。

「金澤！你做什麼！不可以打人！」

老師從身後架住伸明，但是伸明仍舊大喊著：

「都是你害的，大輔才會……」

「很痛耶！你怎麼突然打人啊？想找我單挑嗎？」

「單挑？當然沒問題！不過不是現在……現在不是找你單挑的時候……」

「田崎大輔他怎麼了？他今天也還沒到學校呢。」

伸明聽到老師的話，先是故作鎮定地說：

「不、沒什麼。」

接著，他在老師面前跪下來拜託：

「非常抱歉，我不會再打八尋同學、也不會跟他吵架了。雖然現在是上課時間，可是，我想請老師借我5分鐘時間！拜託老師！」

「你在搞什麼鬼？金澤？快點站起來。」

伸明把臉抬起來，看著老師，還是繼續懇求：

「只要5分鐘就好！拜託老師！」

「只要5分鐘是嗎？既然你這麼說，就借你時間吧。千萬別打架喔。」

老師露出困擾的表情，這麼說道。

「我知道！謝謝老師！」

伸明站起身來，拍掉膝蓋上的灰塵。老師走出教室去，伸明則是走到講台上，先跟翔太道歉。

「抱歉剛才打了你！」

「你幹嘛突然揍我？我跟你有過節嗎？」

翔太好像不想善罷干休，反而說話大聲起來，向伸明挑釁。
「我知道你很生氣，不過，請先聽我把話說完！之後你如果還想打我，就讓你打吧。」
「這可是你說的啊！」
接著，伸明轉向班上其他同學，用極為認真的口吻說道：
「國王遊戲是玩真的。」
這句話讓全班一片譁然，翔太以恥笑的口吻說道：
「哪有這種事！你腦筋沒問題吧？是不是瘋啦？」
伸明不管翔太的反應，繼續說下去：
「昨天，我和直也因為擔心大輔出事，到大輔家裡住了一晚，一直陪著大輔。大輔完全沒有想要上吊的念頭，也沒有輕生的打算。可是，就在我們睡著之後，大輔卻上吊死了。」
教室裡又是一片吵雜。
「大輔死掉了？」
「國王遊戲是玩真的嗎？」
「大輔死了……真的假的？」
看來，大家還不相信的樣子。伸明接著說道：
「絕對是真的！秀樹、里美，還有大輔，他們都因此而死了。在短短幾天內，全都上吊而死，這絕對不是什麼偶然。」
翔太用懷疑的語氣問道：

「大輔真的上吊死了？」

「是真的……我和直也都是證人。就在我們睡覺的臥室裡，大輔……吊死在房間另一頭。」

「只因為我命令他去上吊嗎？」

翔太的臉色變得一片慘白。

「就結果來說，正是如此。可是，你當時並不知道國王遊戲是玩真的，所以我那時也不敢確定會有這樣的結果。」

「我……究竟做了什麼啊！」

「我是真的很想揍你，所以才會出手。不過，我心裡並不會責怪翔太你。畢竟，當時你因為美咲的事而生氣，會責怪大輔也是很正常的。」

「其實美咲那件事，我也沒想過要責備翔太，我們也以為國王遊戲只是隨便玩玩而已。」

真美對著翔太這樣說。

「大家都只把國王遊戲當成鬧劇而已，沒有人會想到懲罰是來真的。秀樹和里美死的時候，我也以為那是偶然的……」

寬子接著真美的話，這麼說道。班上很多同學都說，不會因此責備翔太。

當然，也許有人心裡無法原諒翔太，只是沒有說出口吧。因為當初大家起鬨在玩國王遊戲時，都當成是在開玩笑而已。

「可是，這回我很確定國王遊戲是來真的。國王遊戲這次的命令，是要直也和佳奈進行友情對決投票。大家要投票嗎？」

伸明這個問題好像是多餘的一樣，馬上被真美回嘴駁斥：

「當然要投票！不投票的話，直也和佳奈兩個人都要受罰耶！」

「但是選擇直也還是佳奈，不管怎麼選，一定有一方會受罰，而且懲罰很可能會要人命，這樣也要投票嗎？」

伸明把條理分析清楚後，剛才說話反駁他的真美，突然冷靜了下來。

「那就不好了……因為，他們的生死變成由我們來決定，這個我辦不到。」

「正常來說是這樣，可是，大家不肯投票的話，他們兩人都得要受罰。所以，我覺得應該投票。前提是，直也和佳奈這兩個當事人願意投票表決的話。」

聽了伸明這番話，教室內充斥著訝異的氣氛。

「這是什麼意思？」

「假如直也和佳奈，兩人不想要舉行友情對決投票的話，就得一同面對懲罰。最終的決定權，是在他們兩人身上。」

聽到伸明這樣問，直也馬上回答：

「我要進行友情對決投票！」

「直也已經回答了！佳奈呢？」

佳奈一楞，看著天花板想了想，也下定決心說道：

「我也不想受罰！我也要進行友情對決投票！」

「那就這樣決定了。不管什麼狀況，不管投票出來的結果如何，都不可以怨恨對方。因為這是你們兩人自己決定要這麼做的！大家也必須認真考慮要投給誰。」

「什麼時候要投票？」

佳奈站起來問伸明。

「今天只有上午有課，那麼，就決定下午1點鐘，在教室裡辦投票，可以嗎？」

「我知道了。」

「那就下午1點在教室投票，大家一定要到場。」

直也和佳奈都同意了。伸明跑到教師辦公室去找級任老師回來上課。

「老師，已經說完了。謝謝老師。」

「那就好。我很擔心田崎大輔，所以打電話到他家去，可是家裡沒人接電話。他今天大概不會來上課了。你有問他為什麼不來嗎？」

「……我沒有問他。」

「是嗎？他如果有什麼事，要記得跟老師講喔。」

「是……」

老師和伸明一同回到教室，班上似乎已經恢復了平靜。至少，表面上是這樣。

打從第一堂課結束後的下課時間起，直也和佳奈就展開了拜票行動。首先，佳奈跑去找祐子。

「拜託妳，投票給我好不好！我們是朋友對吧？妳不想看到我受到懲罰對吧？」

「我一定會選佳奈的。」

「謝謝妳！我最喜歡祐子了！」

接著，佳奈又去找別的女孩子，繼續同樣的拜票行動。

伸明和直也，則是先去鞏固男生的票源。

「信吾，投票給我好不好？」

「別擔心啦！我絕對會投給直也的。」

「謝謝！」

「太好啦，直也！」

伸明和直也分頭行動，去拜託大家投票給直也。

伸明走到真美那邊，真美算是班上女生的頭頭，只有她才勸得動其他女孩子，要她們把票投給直也。他在真美旁邊的位置坐下，想要說服對方。

「真美，妳打算選誰？」

「佳奈啊……」

伸明把椅子拉得更為靠近真美，雙手合十，擺出拜託的模樣。

「拜託妳，能不能改投給直也呢？」

「我才不會那麼輕易就改變決定呢。」

伸明盯著真美的臉，再一次雙手合十說道：

「拜託！因為對我來說，直也是最好的朋友啊！」

無論如何，伸明都要把女生的領導人物真美拉到直也的陣營來，於是乾脆跪到地上。

「拜託妳！」

看到伸明這麼執著，真美把臉別了過去。

「伸明，你跟我下跪也沒用啊……」

「拜託妳！除非妳答應投票給直也，否則我不站起來！」

「這太卑鄙了吧……」

真美乾脆站起身來，頭也不回地走掉了。

「真美，拜託！」

從身後走來的直也，抓住伸明的手腕，把他拉了起來。

「謝謝你，願意為我這麼犧牲！我一定會加油的。」

伸明把直也的手給甩開。

「現在謝我還太早！你問過所有男生了嗎？」

「大致上……都問過了。」

伸明瞪著直也。

「他們的反應呢？」

「都願意選我啊！只有幾個人決定要選佳奈……像是利幸、明、勇佑這幾個吧？」

「一定要叫他們改選你！」

「一定要……可是我能怎麼辦？也就這3個人而已啊。」

伸明繼續瞪著直也，說道：
「不可以隨便放棄這3票！要是投票輸了，會有什麼下場，你又不是不知道。」
直也被伸明的氣勢給嚇到了。
「我、我知道了，抱歉。」
「一定要加油啊。」
伸明拍拍直也的背，當他想要去說服下一個人的時候，翔太朝他靠了過來。
「伸明，你會選直也還是佳奈？」
「當然是選直也啊！」
「既然如此，那我也選直也吧，就當作是為了大輔那件事，向你和直也賠罪。」
「真、真的嗎？太好了，謝謝你！對了，之前我說如果還想打我，就讓你打。怎麼樣，要不要打我一拳？」
「我怎麼打得下去啊……」
「……好險，被打真的很痛呢。」
「我當然知道很痛啊。」
翔太摸摸之前被伸明打中的臉頰。
「你沒事吧？」
「現在的大輔，已經感覺不到這種痛楚了……他的身體已經感受不到這種被打的痛了。」
翔太的眼眶紅熱了起來。

「我真的很對不起你……大輔。」

伸明什麼也沒說，把手放在翔太的背上。翔太知道，大輔因為他氣頭上的一句話，居然枉送了性命，這種感覺，是別人難以體會的。

「難道我活該要接受懲罰嗎？我也不想死啊！」

「我也一樣啊！」

在美咲的座位旁邊，直也和佳奈起了爭執，或者應該說是吵架才對。其實，大家早就料到會演變成這樣了。佳奈握著美咲的手，用溫柔的語氣這麼說：

「美咲會選我對不對？」

美咲露出困擾的表情。一旁的直也不甘示弱，以強勢的口氣拜託說：「妳一定要選我！」

「不要再吵啦！不要問我！我根本不知道該選誰才好！」

美咲摀住耳朵，哭了起來。

「翔太，抱歉，我不想投票了。」

這時伸明走向美咲，拍拍她的肩膀，用平緩的語氣說道：

「妳非得選一邊不可。我要選直也！也希望美咲妳能夠把票投給直也。」

美咲的頭左右搖著。

「我不要選！」

「我想幫助直也！我不希望直也跟大輔一樣，死在我的面前啊……」

美咲好不容易才點了點頭，說出「我選直也……」這幾個字。聽到這句話，佳奈非常氣憤。

「你的意思是，我變成怎樣都無所謂嗎？」

「那也是沒辦法的事啊！」

佳奈陷入精神錯亂之中，大喊道：「我忍受不了啦！」同時，揮手把桌上的所有東西都摔到地上，鉛筆盒和筆記本散落一地。

「是佳奈妳自己決定，要進行友情對決投票的！這是妳剛才自己說的，不是嗎？說好了無論結果如何，都不要怨恨彼此，我才讓你們自己做決定的啊。」

「雖然我說要投票，可是……不是這樣啊……這種情況，和我原先的預期不同。現在我很害怕，害怕會輸啊！」

佳奈一面哭泣一面叫喊著。

「我……我也不希望變成這樣。大家都不希望變成這樣。」

教室裡恢復了安靜。因為每個人心裡都有個疑問，假如下次是自己被國王遊戲選上，那會是多麼恐怖的一件事。

無法逃避的二選一選擇題。雖然腦子裡明白，但是實際體驗卻大不相同。只有在這種生死交關的時刻，才瞭解自己所處的地位。

佳奈抱著頭，身體顫抖著，止不住哭泣。

「我絕對要贏過直也！」

佳奈說完這句話，就跑開了。

一定要讓直也贏才行。這時的伸明，已經下定決心，要做出惡魔般的行為。
時間到了中午12點30分。伸明拿出手機，開始傳送簡訊。
下午1點，伸明站在講台前，看著全班同學。大家臉上都失去了活力，有人煩惱不已，也有人一臉疲累。其實會煩惱才是正常的，毫無煩惱那才奇怪。
「大家都拿到紙了嗎？」
教室裡的影印紙被裁成5公分見方的正方形小紙片，分給了每一位同學。這張小紙片，將決定兩個人的命運。這次投票，全班同學都要參加。正確地說，是除了秀樹、里美、大輔之外的全班同學。
「請在紙上寫好名字，放進這個箱子裡。我想，大家應該早就已經決定要寫誰的名字了，不過，我還是等3分鐘之後，再收回這些紙條。」
大家開始寫上名字。有人很快就寫好了，也有人迷惑不知所措，遲遲沒有拿起筆來。
伸明很快地寫好自己的紙條。短短的3分鐘……等待起來卻是那樣的漫長。
「大家應該都寫好了吧，請把紙條放進這個箱子裡。」
同學們把手中的紙條放進講台上的箱子裡。
「現在要來計票。智惠美，妳能上台幫忙寫黑板嗎？寫上名字之後，在下面用正字來計數。」
智惠美在沒有寫任何字的黑板上，寫下了「橋本直也」和「上田佳奈」兩個名字。直也趴在桌上，想把自己的臉遮起來；佳奈則是露出畏縮的表情，雙手緊握著，像是要祈求上蒼一般。直也和佳奈都遮掩不住那股緊張的感覺。

其他的同學其實也都一樣。伸明深呼吸了一口氣。

「我會把每一票都唸出來。」

伸明把手伸進箱子裡，一張又一張地拿出紙條。

佳奈、佳奈、直也、直也、佳奈、佳奈、佳奈、直也、直也、直也、直也、佳奈、佳奈、佳奈、直也、直也、直也、直也、佳奈、直也、直也、直也、佳奈、直也、直也、佳奈、直也、直也、直也，以上共計29票。

伸明只負責唸出紙條上的名字，並未計算人數，不過，他感覺到唸直也名字的次數好像比較多。

29人投票，絕對不會出現平手的狀況。

在緊張之中，伸明回頭數一數黑板上的計票結果，心臟鼓動的速度頓時加快了起來。

「投票結果……橋本直也18票，上田佳奈11票。」

原本把臉藏在桌面下的直也，聽到這個結果，開心地抬起頭來。

「我贏了嗎？太好啦！真的太好啦！謝謝大家！」

直也欣喜得想要跟班上所有的人握手，可是，伸明卻無法伸出手來，他只能把臉別開，不看直也。

原本應該是歡欣鼓舞、互相擁抱慶賀的時刻，但是他辦不到，因為伸明看到臉色鐵青的佳奈，被恐懼逼入絕境的表情。

佳奈用微弱的聲音說道：

「我會像秀樹、里美，還有大輔那樣被吊死嗎？非得如此嗎……」

這時，全班同學的手機同時響了起來，是收到簡訊的通知。

【10／24星期六13：10　寄件者：國王　主旨：國王遊戲　本文：橋本直也不必受罰。上田佳奈必須受到懲罰　END】

佳奈看到簡訊的那一瞬間，嚇得站起身來，精神陷入錯亂之中，她用雙手抱住頭，猛力地搖晃著。

「絕對不要！我絕對不要照國王說的那樣被吊死！絕對不要！」

說完，她全速奔跑，衝向窗口。

「不會吧！喂、別亂來！」

伸明攔阻的喊聲，佳奈根本聽不進去。她用身體撞破了窗戶玻璃，從窗口一躍而下。接著，傳來「咚」的一聲，那沉重的低音，彷彿透過震動傳到了每個人的體內深處。

大家從未聽過這種聲音，全部急忙跑到窗台邊，朝佳奈跳出去的地方望去。在柏油路面上，佳奈的身體扭曲倒臥著。

徐徐流出的鮮血染紅了柏油路面，女同學紛紛發出悲慘的尖叫聲。

「佳奈——！」

大家亂成一團，不知所措。這時智惠美叫道：

「快點叫救護車！快點啊！拜託！快點叫救護車！」

直也趕緊打電話叫救護車，伸明則是雙腿一軟，跌坐在地上。

「為什麼會變成這樣……」

這時，大家的手機再次響起，又收到了一則簡訊。

「這次又是什麼！該不會是傳道歉簡訊來吧？」

伸明看了一眼響起的手機。

【10／24星期六13：22　寄件者：國王　主旨：國王遊戲　本文：上田佳奈的懲罰已經決定了。她必須向喜歡的人告白。無論能否成功交往　END】

伸明無法制止顫抖的雙手。就在快要倒在地上的時候，被趕來的智惠美撐住身子。

「開什麼玩笑！」

伸明用盡全身的力氣，大聲喊著。他把投票箱用力扔了出去，投票用的小紙條飄散開來，在教室裡飛舞著。

「都是我的錯……」

「咦？這是什麼意思？」

「為了讓直也多幾票，我說了謊……我沒想到佳奈輸了之後，會跳樓輕生……」

伸明一面這麼說道，一面拿起手機，把他傳送的簡訊拿給智惠美看。

「我明明知道，無論結果如何，都有一方要接受懲罰……」

伸明跪在地上，以頭抵住地面。

「真的很對不起！我很抱歉！」

伸明一次又一次地打從心底這樣道歉著。

【10／24星期六12：32　收件者：城川真美　主旨：我是金澤　本文：我知道讓4個人逃離國王遊戲的方法。可是現在遊戲才剛開始，無法立刻逃離。等到這個遊戲結束時，我、智惠美、直也、真美4個人一起平安逃離，好不好？直也也算在內，當然，條件是直也要贏才行。怎麼樣？我也可以去拜託其他人啦。】

「這則簡訊，我只把本文裡的名字改一下，就寄給有可能投票給佳奈的6個人。其實，我根本不知道什麼逃離遊戲的方法。」

智惠美輕輕拍著伸明的背，用和善的表情望著他。

「因為你一心想要保護直也啊！假如那6個人投票給佳奈的話，直也就輸了。」

伸明不禁抱緊智惠美。

「我真的很想要保護直也！對不起！對不起！佳奈……我真的不是故意要害妳的……」

「這樣有什麼不對？朋友本來就該幫助朋友啊！為了幫助朋友，說一點謊也不為過啊。」

伸明抓住智惠美的制服，把頭埋進她的胸部，嚎啕大哭起來。老師聽到騷動的聲音，隨即趕到教室，用力把門推開，怒喝道：

「你們在搞什麼鬼？」

這時，不知是誰叫道：

「把黑板上的字擦掉，不要被老師發現了。」

義文趕緊擦掉黑板上的字，真美則是伸手指著窗戶，用緊繃沙啞的聲音說：

「佳奈……佳奈她……從窗戶跳出去了。」

老師趕緊上前觀察，臉色頓時變得慘白，自言自語說道：

「為什麼會發生這種事？」

一會兒，老師回過神來，才環顧四周問道：

「金澤在哪裡？」

伸明被智惠美抱著，用毫無生氣的語調回話。

「有什麼事嗎，老師……」

「你還問我什麼事！為什麼佳奈會跳樓自殺呢？」

伸明沒有辦法回答。

「算了！」

老師看著其他同學，想知道誰能跟他解釋佳奈跳樓的原因。

「有哪個人知道事發經過的？」

忽然，翔太回答了。

「放學以後，我們正在討論即將舉辦的球類運動會，她就突然衝出去了。」

「為什麼要衝出去？」

「這……我也不知道。」

「那不是跟沒回答一樣嗎！你們給我冷靜一點！」

即使是壞脾氣的翔太，此刻也忍不住抖動雙肩，默默地哭了起來。教室裡，響起了眾人的哭泣聲，有人靠在桌上抱頭痛哭，也有人坐在地上流著眼淚。

警笛聲迅速接近，救護車隨之抵達。可是，沒有人能回答老師的問題。

「夠了！你們今天全都回家去。老師會去通知警方。」

所有學生都被校方下令強制返家休息了。

在從學校返家的路上，伸明只想一個人走，雖然智惠美說「想跟他在一起」，可是伸明卻回絕她「讓我一個人靜一靜」。

伸明拐了個彎，走到可以看見市街的小山丘上。這裡是他放鬆心情的地方。從這個山丘，可以望見幾百、幾千棟住宅、大廈、公寓、小小的汽車、街燈，當然，也看得到伸明他們就讀的學校。

街上非常安靜。伸明站在山頭的觀景台，什麼都不去多想，這時，忽然有人從背後拍了他的肩膀一下。

「果然，我就知道你在這裡！每次你感到消沉的時候，總是會到這裡來。」

伸明回頭望了直也一眼，卻又很快地轉回頭，看著前方的風景。

「讓我一個人靜一靜吧。」

直也並沒有照做。

「我已經聽智惠美說了。你為了幫我拉票，做了很多事。」

「她怎麼這麼多嘴……早知如此，我就不跟任何人說了。」

「謝謝你！多虧了伸明，我才能在投票中獲勝！可是，我擔心的是那6個被你騙的同學。如果你照實跟他們說，你根本不知道逃離國王遊戲的辦法，他們一定會遷怒於你吧？」

伸明撿起地上的小石頭，朝遠方的空罐扔去。

「沒關係，你不用擔心。」

「那6個人要是發現『伸明為了拉票、說謊騙我們』的話，一定會很生氣的。」

「不是跟你說沒關係嗎！用不著你擔心。」

「你為什麼這樣滿不在乎呢！」

「因為我做的，是惡魔的行為！」

「這不算回答。」

伸明停止扔擲小石頭，蹲坐在地上，把身體縮得小小的。

「那我就解釋給你聽吧。我傳簡訊給那6個佳奈派的同學，成功地說服了那6個人，把票全都改投給直也。他們為了能夠逃離國王遊戲的制裁，背叛了佳奈。我在傳簡訊時，有自信一定能夠拉到這6張票。因為，我故意讓他們感到焦慮，認為能夠逃離國王遊戲的名額只剩下1個。為了讓他們更加心急，又不能和別人商量，我故意等到投票時間快到的時候，才發出簡訊。

這次有29個同學投票，票數多的就會贏。這6個人心裡應該會想，就算自己這一票改投給直也，也改變不了大局，他們心裡只想著，要取得逃離國王遊戲的最後這個席位。可是，這6個同學最後知道佳奈要接受懲罰時，才會察覺因為自己的背叛，導致佳奈跳樓自殺。如果，他們把曾經收到我的簡訊這件事，告訴周遭的其他同學，反而會被大家圍攻，說這些人是『為了自己能逃離遊戲掌控、不惜背叛佳奈』。這就是我打的如意算盤。

我在簡訊裡寫『條件是直也要贏才行』，要是直也輸了的話，我跟他們的約定就不算數了。其實，我很有信心，認為直也不會輸。所以，當時我不是問過你了嗎？男生之中有哪幾個人會投票給佳奈！這就是我把要發簡訊的人數訂為6個的原因。」

一臉驚訝的直也，什麼話都說不出口。

「我就是這種寧願犧牲他人，也要贏的人。我利用他們的背叛心理，讓直也獲勝，這是最卑劣的『惡魔的行為』啊……」

當佳奈變成要接受懲罰的一方時，伸明才瞭解自己到底做了什麼。看到佳奈跳出窗口的那一剎那，伸明才發現，自己做了一件非常殘酷的事。

直也一臉擔心，望著面無表情的伸明。

「因為你用卑劣的手段讓我獲勝，導致佳奈跳樓，所以受到很大的打擊，是嗎？」

「沒錯。我現在覺得，佳奈就像是我親手殺死的一樣，大輔的死也是我害的。」

直也站起身來，把手按在伸明的肩膀上，用宏亮的語氣說道：「不是這樣的！」

「聽你這麼說，我的心情漸漸平復了。能不能讓我一個人坐在這裡，不要打擾我？」

接下來的30分鐘左右，伸明一直盯著眼前的風景。從這裡看到的街景，總是能撫慰他的情緒。從這裡望去，即使是很大的東西，看起來也很小，這讓他覺得，就算是再大的煩惱，彷彿也會縮小一樣。他希望能夠這樣說服自己。

直也打破了沉默。

「這個國王遊戲，到底要持續到什麼時候才會結束呢？」

「說不定，要玩到全班同學都死掉才會結束。」

「別說那麼不吉利的話！」

「每天到了半夜12點，我也覺得很害怕啊……」

伸明把身體蜷曲起來。就在此時，兩人的手機都發出了鈴聲。伸明和直也互看了一眼。

同時收到簡訊，難道是……？

兩人趕緊拿出手機來確認。

【10／24星期六17：21　寄件者：本多智惠美　主旨：好寂寞　本文：你們兩個男生在聊什麼？今天我爸媽都不在家，你們來我家玩吧。我希望你們來我家。我肚子餓了，一起吃飯好不好　END】

「為什麼智惠美知道我們兩個人在一起？還同時傳簡訊給我們……嚇我一跳。」

環顧四周，並沒有看到智惠美的身影。

「真的，我也嚇到了。莫非她是用女性的第六感猜的？」

「大概吧。智惠美自己一個人，也會害怕吧。」

佳奈，真的很對不起。可是，這是為了保護直也。伸明不知道該說些什麼，才能獲得佳奈的諒解。但是，他無法原諒發出這種命令、逼大家做抉擇的國王。

伸明站起身來，拍拍屁股上的沙粒，邀直也一起去智惠美她家。他傳了一則簡訊給智惠美，只寫道【我會和直也一起去】。

在往智惠美家走去的途中，伸明不禁嘆了口氣。

「喂，你從剛才起就一直嘆氣，有完沒完啊。」

「連續3天都有同學死掉啊！你感受不到壓力嗎？」

「……我心裡當然也不好過啊，因為佳奈等於是我害死的……」

到了智惠美家門口，按下對講機，沒人回應。再按一次，這時從屋裡傳來大喊的聲音：

「我現在正在忙！門沒有鎖，你們自己進來！」

小心翼翼地打開大門後，兩人聞到一陣奇怪的臭味，這是什麼味道？有點像咖哩……又有點像納豆……

接著又聽到智惠美的慘叫聲。

「智惠美，妳沒事吧？打擾了！」

趕緊脫了鞋子，朝慘叫聲的來源——廚房跑去，看到智惠美穿著圍裙，正在做菜。

「做菜好難喔……」

智惠美「嘿嘿嘿」地伸出舌頭笑了。

「……妳在做什麼東西啊？」

好大一個鍋子，智惠美正拿著杓子，用很生疏的技術在鍋裡攪拌著。

「我本來想做燉肉，可是嚐起來味道不好，所以乾脆加一點咖哩，把燉肉當成咖哩的料。」

「做咖哩有這麼難嗎？」

帶著不祥的預感，伸明指一指大鍋子，問道：

「妳……該不會把燉肉的材料和咖哩的材料都加進去了吧？」

智惠美笑嘻嘻地說「加進去了」。

「不行嗎？咖哩和燉肉的材料，有什麼不同嗎？」

她一面攪拌著大鍋，一面毫不在意地這樣問道。直也用鼻子嗅一嗅，聞到了鍋子裡傳出的惡臭。

「喂！有納豆的臭味耶，為什麼裡面要加納豆？」

「因為伸明的爸爸總是把納豆和咖哩飯混在一起吃啊，所以我也加進去了！」

「我可以試吃一下嗎？」

伸明借來一個杓子，嚐一嚐味道，然後用驚訝的語氣說道：

「不會吧？沒想到這麼好吃！」

「真的嗎？我好高興！因為這是我努力做出來的呀，裡面充滿了愛呢！」

智惠美一面笑一面拍手，開心得合不攏嘴。

「直也，我們去便利商店買便當吧……」

伸明拉著直也的手，往廚房外走去。

「怎麼這樣？」

智惠美嘟起嘴巴。

「妳自己吃吃看這個燉肉加咖哩加納豆吧！一定能夠感受到絕妙的和諧口味。」

智惠美自己也試吃了一口，又傻傻地笑了。

「我也一起去便利商店……」

三個人圍著餐桌，吃的不是智惠美做的菜，而是便利商店的便當。

「喂，直也，智惠美做的咖哩，吃了會鬧出人命吧？」

「真的！很適合當作國王遊戲的懲罰呢。」

智惠美鼓起臉頰，看起來就跟河豚一樣。

「你們不用這樣損我吧！我是為了給你們打氣、讓你們開心，才用心去做的耶。」

「抱歉！別生氣啊，智惠美。」

伸明用手捏了捏智惠美的臉頰。

「討厭！不給你摸。」

「雖然妳嘴巴這麼說，可是表情看起來很高興喔。」

「一點都不高興！」

只有在這短暫的開心時刻，三人才稍微忘卻死去的4位同學。

笑容……只有心痛的時候、難過的時候，才顯得更加珍貴。笑容可以緩和心情，所以三個人都希望能一起歡笑。

當天晚上。

伸明幫忙智惠美收拾凌亂的廚房。伸明用鬃刷用力刷洗著焦黑的鍋子，智惠美則是負責洗碗盤。

「妳啊～～居然能弄得這麼髒，真令人佩服。」

「因為……」

直也坐在沙發上，一面看著電視，一面大笑。

「喂！直也，你也來幫忙！」

「我才不要！你們小倆口和樂地整理乾淨吧！我只想看電視。」

伸明隨手拿起一旁的毛巾，朝直也扔了過去，剛好蓋在直也的頭頂上。

直也忽然用認真的語氣說道：

「喂！距離12點只剩1個鐘頭了。這樣看來，又要開始另一場國王遊戲了。」

沒有人回答他。

「沒有收到命令的這段時間，才是最輕鬆的時候啊。」

「……就是啊。」

他們停止整理廚房，拿剩下的時間來討論去年舉辦的球類運動會，想起去年有好幾場球賽被對手打得滿頭包。直也真的很不會打棒球，或者說，他對運動本來就很不在行。

「你每次都打不到，還一直犯規，所以才會輸！」

「對不起、抱歉，因為我對球類運動一竅不通……」

「虧我還拚命幫你加油呢！」
「哎呀，別再怪我了……那都是過去的事啦。下次球類運動會，我會請假缺席，免得拖累大家。」
「過去的事？很快又要辦下一屆啦！還請假咧？不准請假！一定要打擊出去，挽回顏面，你這蠢蛋！」
聊著聊著，時間很快就這麼過去了。三人圍著桌子坐好，等待國王的簡訊。
晚上11點55分，三個人的手機都響起了簡訊的通知鈴聲。
伸明歪著脖子，用手指著手機說：
「怎麼提早5分鐘了？」
【10／24星期六23：55　寄件者：國王　主旨：國王遊戲　本文：這是你們全班同學一起進行的國王遊戲。國王的命令絕對要在5分鐘內達成。※不允許中途棄權。上田佳奈還沒有服從命令，可是她已經不在人世，所以無法達成任務。因此由和她一同執行任務的橋本直也代為執行。男生座號21號・橋本直也　要找人做愛。若是不服從國王的命令，懲罰將是自焚而死　END】
的確，佳奈沒有服從命令，因為她在收到懲罰的命令前，就已經自己跳樓自殺了。
「還有5分鐘……直也就會…………自焚…………而死…………」
眼前剎時一片昏暗，伸明的心臟像是擊鼓一樣猛力地跳動著。
看看時鐘，還剩下4分52秒。心臟跳動的聲音像是立體聲一般傳到耳膜。

智惠美和直也兩人都僵住了。伸明看著他們，突然伸手抓住兩人的手腕。

還剩４分44秒。

「喂！你幹什麼？」

「很痛耶，伸明！」

無視於兩人的疼痛，伸明用盡全力拉扯他們的手腕。

「很痛耶！不要拉我……」

雖然智惠美一直喊痛，但是他不予理會。

「你要拉我們去哪裡？」

他也不回答直也的問題。伸明使勁地拉著兩人，把他們推進智惠美的房間裡，接著他關上房門，抵在門口，不讓他們打開。

還剩４分５秒。

因為剛才用力拉著兩人，現在的呼吸變得很急促，伸明隔著門，跟裡頭的智惠美和直也說：

「智惠美、直也，看了剛才的簡訊，你們明白我要你們做什麼了吧？」

智惠美拼命地敲打著房門。

「快點開門！」

「快點開門啦！我不懂你是什麼意思啦！」

直也也大聲呼叫。

「安靜聽好！時間已經不多了！」

兩人暫時停止敲打房門，安靜了下來。

「直也！正因為是你，我才能忍下來。智惠美，抱歉了！」

「……」

伸明用哽咽的語音說：

「不需要我再多做說明了吧！時間快到了！懂吧？假如不執行命令的話……」

還剩3分42秒。

直也握著門把，喀嘰喀嘰地想推開門，可是伸明擋在門口，說什麼都不放他出來。直也改用冷靜的語氣這麼說道：

「你聽好，伸明。其他女生的話，我還可以接受。但是你居然這樣強迫智惠美，我不想接受你的幫忙。」

伸明用手肘奮力敲擊房門，怒斥道：

「沒時間說這些蠢話啦！」

「所以我要你先把門打開啊。」

直也用盡全身力氣想推開房門，伸明則是用同樣的力道把房門給堵死。

「快開門！」

「我不開門！我剛才不是說過了嗎？因為是直也，所以我才能忍下來！就當作女朋友出軌，跟自己的好朋友上床了，這種事情又不是沒聽說過。」

「智惠美是伸明的女朋友啊！我怎麼可能辦得到！」
「你想自尋死路嗎！只要跟智惠美上床，就能保住性命啦！」
伸明瘋狂似地大罵，可是，直也卻冷靜地回答他：
「我不可能背叛伸明的！我們是最好的朋友！不是嗎？」
還剩3分12秒。這個傻瓜……正因為是好朋友，才不能眼睜睜看著你死掉啊；正因為是好朋友，才會讓你這麼做啊。
「妳聽好，智惠美！妳把直也推倒！就當作是我求妳！真的沒時間多說了！」
沒聽到回答。在房門另一邊的智惠美，好像陷入困惑之中的樣子。伸明噙著淚水繼續說：
「我真的很愛妳！雖然妳做菜很難吃，可是妳很溫柔、很可愛、很黏人、笑起來很美，不管怎麼看都惹人憐愛，我最愛智惠美了！」
智惠美用高興的聲音回答說：
「我也最愛伸明了！你做事草率、愛出鋒頭、又色又笨、運動萬能、人也很溫柔，我最愛伸明了！」
謝謝。能有智惠美這樣的女朋友，真是太好了。伸明用袖子抹掉臉上的淚水。
「我已經有所覺悟了，我要把我最愛的智惠美，暫時讓給直也！因為，這次攸關著直也的性命！」
「你在說什麼啊！」
「因為我愛智惠美，我的心當然會覺得痛，可是，為了救直也，非得這麼做不可！拜託妳，幫助直也吧！拜託妳，體諒我的心情吧！」

雖然門那一頭的智惠美看不見他，但是伸明低下頭來向她懇求。

「……我明白了。」

還剩2分32秒。

「這是為了救直也喔。」

「喂！妳別亂來！」

門那一邊發生了激烈的爭吵。

「……伸明，抱歉，我沒辦法。他把我壓在牆邊，我動不了。」

「智惠美的力氣才沒有我大呢。」

還剩2分3秒。在門的另一側，直也用沙啞的聲音說道：

「我能夠遇見伸明這樣的好朋友，真是太好了！」

智惠美好像怎麼都無法掙脫的樣子。

「直也！放開我！伸明！你快幫幫我啊！」

直也哽咽的說話聲伴隨著淚水。

「再過2分鐘……我的人生就要結束了。想想還真有點孤寂啊。」

「不會結束的！不能輕易放棄生命！你不是在哭嗎？因為心裡很難過對吧？很悲哀對吧？很害怕對吧？不要放棄！」

直也的鼻子嘶嘶作響，繼續說：

「就算我不在了，你和智惠美也要一直這樣，好好地維繫感情！伸明……你真的是我的好朋友！」

「不要浪費時間了！只要你和智惠美上床，問題就解決了！快點啊！」

只剩1分36秒。真的沒時間了。只好賭這最後一把了。

伸明站起身子，把房門打開，衝進智惠美的臥室。房間裡被弄得一片凌亂，眼前，看到直也伸手按住智惠美的雙手。

伸明走向智惠美和直也。

「直也，你忍一忍吧！」

只剩1分30秒。伸明握緊了拳頭，猛然朝直也的頭部揮拳，他一面大喊著，一面多打了幾拳。

「哇啊啊啊啊！」

出拳的同時，眼淚也奪眶而出。

「抱歉，直也……」

直也暈倒在地，一動也不動。

「別忘了，你背負著佳奈的一條性命。智惠美，之後就拜託妳了……」

伸明擦掉眼淚，走出房間。現在只能這麼做了。用來打直也的拳頭，居然會那麼痛。不、不只是拳頭，內心也一樣痛，就像身體的核心碎裂開來那麼痛。

現在，智惠美和直也正在……不過，這是為了保住直也的性命。

只希望現在還來得及。

只剩1分6秒。伸明靠著房門坐了下來，右拳上看得到血跡，他抱著頭，低聲啜泣著。

沒有時間了。而且直也昏死過去了。還來得及嗎？

直也，拜託你，乖乖合作吧！都走到這一步了！智惠美，妳要加油啊！

伸明握住雙手祈禱著。還剩1分2秒。收到簡訊了，伸明趕緊拿起手機確認。

【10／24星期六23：58　寄件者：國王　主旨：國王遊戲　本文：還有60秒　END】

「不是嗎……」

我當然知道時間還剩多久啊！下一則簡訊，會寫著【確認服從】？還是【宣告懲罰】呢？

伸明直盯著手機的螢幕等待著。

如果在時限之內，收到【確認服從】的簡訊，直也就得救了。要是時間沒趕上，就會收到【宣告懲罰】的訊息。

剩下40秒。這40秒居然就像好幾個小時那樣漫長。

39……30。還沒收到確認服從的簡訊嗎？

20……加油啊，智惠美。10……這麼短的時間，恐怕是來不及了吧？

9、8、7、6……難道他被我打死了……5、4……怎麼還沒收到簡訊呢？

3……確認服從的簡訊怎麼還沒傳來！真的沒救了嗎？直也要受到懲罰嗎？太過分了！

2……

【收到簡訊：1則】

是【確認服從】？還是【宣告懲罰】？伸明慌張地看著簡訊。

【10／24星期六23：59　寄件者：國王　主旨：國王遊戲　本文：確認服從　END】

「…………確認服從？沒錯吧？」

伸明頓時陷入全身無力的狀態。

確認服從！確認服從！太好了！直也得救了！感覺就像是升天一樣快活。

「對了！要跟智惠美報告才行！」

他馬上站起來衝進房間。

「直也得救啦！」

「呀啊！」

智惠美裸著上半身，正要穿上內褲。

「我在換衣服！快出去！」

「喔、抱歉！」

伸明趕緊走出房間，關上房門。可是，總覺得有點奇怪。

「……我是妳的男朋友，對吧？」

他重新回到房間，這麼說道。

「為什麼我要迴避！我是妳的男朋友對吧！」

「嘿嘿，我一時忘了……」

智惠美吐出舌頭道歉。

「一時忘了……不過，幸好直也得救了！」

「我知道啦！我已經聽到你的叫聲了。你說太好了！直也得救了！」

伸明抱起智惠美，將她抬得雙腳離地，在原地轉著圈圈。

「別這樣啦！我還沒穿好衣服呢。」

「有什麼關係～～！」

「很危險耶，討厭！」

「啊！我都忘了直也了。他還好吧？」

「好痛！」

智惠美突然被放了下來，一個沒站穩，跌坐在地板上。

「真是的～～不要突然放手嘛！」

「抱、抱歉！」

暈厥過去的直也，臉頰紅腫了起來，鼻子冒出鼻血，臉上還有好幾處擦傷。

「我打得太過火了嗎？」

「肯定是太過火了！」

「等他醒來之後，再跟他道歉吧。」

智惠美靠在伸明旁邊，用肩膀頂一頂伸明的身子。

「你有什麼話要跟我說啊？」

「真、真的很對不起！雖然說是為了救直也，可是強迫妳跟他發生關係，這樣還是很對不起妳。」

鐵定會被罵得狗血淋頭吧……畢竟剛才連多做解釋的時間都沒有，就逼著兩人到房間裡去，叫他們「快點做愛！」。

智惠美又蹭了蹭伸明，嘻嘻地笑了起來。

「沒關係啦～～！這是為了救直也嘛……再說，我也終於知道你有多愛我了呀！」

伸明赤紅著臉，只能回答「謝謝」。

命令7【10月25日（星期日）午夜0點34分】

過了好一陣子，恢復冷靜的智惠美，拿著手機這麼說道：
「伸明，現在不是高興的時候……雖然我還沒看，不過今天應該也有收到國王的簡訊才對。我們根本沒有時間可以鬆懈下來。」
這時，直也已經清醒過來了。
「每天都這樣傳簡訊給我們，真的快讓人抓狂了。」
祈禱著今天不會收到簡訊的伸明，拿起手機一看。
【收到簡訊：1則】
「果然還是收到了。雖然很不想看，卻又不得不看……」
三人同時大聲地嘆氣，確認簡訊的內容。
【10／25星期日00：00　寄件者：國王　主旨：國王遊戲　本文：這是你們全班同學一起進行的國王遊戲。國王的命令絕對要在24小時內達成。※不允許中途棄權。＊命令7：這是所有男生參加的遊戲。準備100張紙，上面寫好1～100的號碼。男生依照座號順序，從1號籤開始抽，每人每次可自由選擇要抽1～3張，如此輪流進行，抽到第100號籤的人必須受到懲罰。如果拒絕進行遊戲，全班男生都將受到懲罰。請各位好好享受這場遊戲。※這次輸家的懲罰是心臟麻痺　END】
看過簡訊內容的伸明，轉頭望著直也說道：

「這次要玩遊戲？我們都陷在這個國王遊戲裡，不就已經是在玩遊戲了嗎？」
「好像是。這次有寫懲罰的項目，是心臟麻痺，一定會死人吧？」
「嗯嗯，應該會死人……」
伸明抱著雙臂，仔細地思考。
「喂，這個遊戲，其實是要我們求同學饒命的遊戲，對吧？根本就等於是操弄著同學的生殺大權吧。」
「對啊……抽到第97號籤的人，如果他再多抽一張，下下一位就死定了。如果他再多抽兩張，拿走98、99號籤，那麼下一個人就鐵定會抽到100號，得要接受懲罰。換句話說，後頭這兩個人想要活下去的話，都得求他饒命！」
「太惡劣了……居然想出這種……拿人命開玩笑的遊戲。」
就算不想害人，也無可避免地要宣告同學的死刑。而生命有危險的人，為了自己的性命，則是要低聲下氣地哀求同學饒他一命。說穿了就是這樣的遊戲……
由於是星期天，學校不上課，所以只好用手機彼此聯絡，約好下午3點鐘在學校附近的名田公園集合。
公園正中央，擺著一個瓦楞紙箱，裡面放了100張卡片。遊戲終於要開始了。本來，班上總共有16個男生，可是現在只剩下14個。14個男同學都圍著瓦楞紙箱就定位了。
「選名田公園不錯吧？在學校的話，又不知道會惹出什麼亂子。還好碰上禮拜天。」

安靜的公園裡，伸明開口說道：

「對了，得提醒大家，遊戲要是中止了，所有人都得接受懲罰。那麼，就從座號1號的信吾開始抽籤吧。」

班上的女生也都來了，不過都躲得遠遠的，看男生玩這場抽籤遊戲。

「那我要抽囉。1、2、3。」

「信吾一次就抽3張嗎？那我也來吧。」

利幸數著「4、5、6」，也抽了3張。大家都在抽卡片時，都會報出自己抽到的數字。

浩文是「7、8」，陽介是「9」，元基是「10、11」，明是「12」。

輪到伸明了，他抽了「13、14、15」。

遊戲前半，抽幾張應該都不至於造成影響吧。

勇佑是「16、17」，直也是「18」，俊之是「19、20、21」，義文是「22、23、24」，祐輔是「25、26」，翔太是「27、28」，敬太是「29、30、31」。

「大家都抽過一輪了，才抽到31號嗎……信吾，開始第二輪吧。」

聽到伸明這麼說，信吾用認真的語氣回答說：

「好吧，32、33。」利幸是「34、35、36」，浩文是「37、38」，陽介是「39、40」，元基是「41、42、43」，明是「44、45、46」，伸明是「47、48」。

「49、50。已經抽到一半50號啦！」

勇佑叫道，但是大家都沒有回話，仍舊默默地繼續抽著卡片。

直也是「51」，俊之是「52、53、54」，義文是「55、56、57」，祐輔是「58、59」，翔太是「60、61」。

「62、63，第三輪結束啦。」

敬太抽了兩張，結束了第三輪抽籤。由於班上男生有14個，只要抽到88以後的數字，接下來的同學就算每人只抽一張，也不會再輪到自己了，換句話說，就可以放心，不必接受懲罰了。

信吾抽了「64、65、66」，利幸是「67」，浩文是「68、69」，陽介是「70」，元基是「71、72」，明是「73」。

沒辦法抽到第88張嗎……既然如此，就多抽幾張，盡可能不要進入第四輪。

「74、75、76。」

伸明抽了3張，這時隔壁的明開口了：

「你在之前友情對決投票的時候，傳了騙人的簡訊給我，對吧？為了多幫直也拉一些票，讓他不必接受國王遊戲的懲罰。」

勇佑是「77」。

「……真的很對不起。」

直也是「78、79」。

「你知道嗎，我一直很喜歡佳奈！」

俊之是「80、81」。

「……」

明很喜歡佳奈嗎？那是愛情嗎……以前從來沒想過那麼多。
義文是「82」，祐輔是「83、84」，翔太是「85、86、87」。
「88！太好了，接下來不會輪到我了！我得救啦！可以退出了！」
敬太高興地跳了起來。明看著他興奮的模樣，這樣對伸明說道：
「已經不會再輪到敬太了，終於到尾聲了。我們都很危險呢，是吧？」
「我知道。」
現在這種狀況，伸明和直也都有可能抽到100號，運氣真差。
信吾：「89！也不會再輪到我啦！」利幸：「90、91，我也可以退出了！」
「伸明，躲過懲罰的人越來越多了呢。」
「好羨慕啊，這種遊戲真希望能早點結束。」
……我不想抽到100號啊，大家多抽幾張吧！
浩文：「92、93！呼~~~」
明再度靠近伸明說道：
「你覺得，我當時投票給直也、還是佳奈呢？」
「直也……」
陽介是「94、95」。
元基：「96、97！我也結束了。」
照現在這個狀況，怎麼樣也不可能輪到直也了。現在全看明怎麼抽，他的選擇將會決定是伸明還是勇佑受罰。

「答對了。你很瞭解人性嘛。我當時真的很害怕，只想早一點逃離遊戲的束縛，不想被犧牲。」

「你的心情，我能理解。」

「可是，之後卻發現，那一切都是你為了替直也拉票而說的謊話。知道被你騙了之後，我是什麼樣的心情，你能夠理解嗎？而且，我還不能找任何人訴苦。」

「我想，你一定很恨我吧。」

明的臉上露出高傲的笑容。

「遊戲進行到最後了。接下來我要怎麼抽，將會決定你和勇佑的命運。」

「就這樣吧。」

「你不打算求我饒你一命嗎？你不是很擅長下跪嗎？你不打算跟我說『拜託你救救我！讓勇佑接受懲罰吧，讓勇佑死掉吧』這些話嗎？」

「我在這裡下跪說『饒我一命』，就能夠得救嗎？」

這時，勇佑擠進了伸明和明的中間，這麼說道：

「等一下，明！拜託你救我！我還不想死啊。要懲罰的話，就讓伸明接受懲罰吧！」

明的臉上又再度露出鄙夷的微笑。

「先等一等！伸明，你的女朋友是智惠美對吧。」

明大喊著，把智惠美叫了過來。

「智惠美！你心愛的男朋友現在遇到什麼狀況，妳知道嗎？」

伸明一把抓住明的胸口：

「這和智惠美無關吧！智惠美，妳不用過來！」

可是智惠美並沒有聽從伸明的話，還是跑到明的面前來了。

「有什麼事？要我拜託你，你才願意饒過伸明嗎？」

勇佑一把推倒了智惠美，智惠美一屁股摔在地上，勇佑接著說：

「別聽她的！拜託你救我！明！不管明你要我做什麼，我都一定會辦到！」

「我叫你等等，你沒聽到啊，勇佑。現在有好戲可看呢。我喜歡的人，死在我的眼前，而且，是因為我而死。所以囉，我也想讓伸明體會一下這是什麼感覺。」

伸明怒吼著，不惜和明大打出手。

「看好戲？別瞧不起人了！的確，當時是我的錯，可是，背叛佳奈的人，是你自己，不是嗎！」

「所以囉，神才會賜給我今天這樣的機會，讓我擁有制裁同學、讓同學死去的可悲權力！」

「這和智惠美無關！都是我的錯！要殺就殺我吧！」

伸明依舊用手緊握住明的衣襟，可是，明的身高比較高，所以從上往下望著伸明。

「那麼輕鬆就讓你死，那就一點也不好玩了。」

明面無表情地說道。伸明瞪著他的眼睛，似乎在問「你到底想幹嘛」。

「智惠美，站在這裡，把衣服脫掉！」

「脫衣服？這裡是公園耶！而且，要在大家面前脫？」

聽到周圍嘰嘰喳喳的私語聲，伸明轉頭一看，智惠美已經把連帽毛線衣給脫掉了，工整地放在地上。

「要脫到什麼程度才好呢？」

接著她又開始脫襯衫，把手臂從袖子裡抽了出來。

「你的女朋友，比你還懂事嘛。」

伸明放開了抓住明胸口的手，想走到智惠美那邊，卻反而被明拉住了手腕。

「真是令人感動落淚啊。為了保護自己所愛的人，居然這樣犧牲自己。」

「可惡！住手，智惠美！不管妳怎麼做，明都一定會弄死我的，不要做毫無意義的事！」

「這不是毫無意義的事……絕對不是！這是為了伸明而做的。」

智惠美脫掉襯衫，上半身只剩下胸罩。

周圍的同學都在議論紛紛。

「智惠美，快把衣服穿上！反正我是死定了！」

「只要有一絲機會能夠救你，我就不會放棄。就算這樣會很丟臉，我也不在乎。」

「真好啊，愛情就是這麼回事！真了不起！」

明一面笑著一面說。全班同學站在周圍，卻都像是木頭人一般，誰都不敢亂動。這時，有個人站了出來。

「不要在這種地方脫衣服！」

直也把放在地上的毛衣撿了起來，重新給智惠美披上。

「直、直也？」

直也瞪著明。

「跟佳奈進行友情對決投票的人是我，伸明也是為了我，才會做那些事。所以你想報復的話，就衝著我來吧。」

「直也，你在說什麼啊……你不要插手！」

「這回是美好的友情嗎？真好啊，伸明！好羨慕你喔，有這麼好的朋友。」

伸明甩掉明抓住他的那隻手。

「喔！我想到了！能夠同時摧毀愛情和友情的辦法！」

聽到這句話，伸明再也壓抑不住怒氣，猛力地揮拳打在明的身上，明的雙腳踉蹌，向後倒坐在地上。

「很痛耶！你居然敢違抗我？這樣好嗎？」

伸明狠狠地瞪著明，冷酷地說道：

「快點抽99吧。」

明坐在地上沒有爬起來，倒是高聲大笑了起來。

「你要我照你的意思來嗎？那就拿出你的招牌好戲，跪在我面前，求我抽99號啊！」

伸明毫不猶豫地照做，對著明下跪了。

「拜託你，請你抽99號吧。」

伸明把頭壓低在地上，明卻用腳踩住他的頭，把他的臉壓在地上。
「知道我的厲害了吧！」
「你太過分了，快把腳拿開！明！一旦你抽走99號，伸明就一定會受到懲罰。他還下跪拜託你，請你抽99號，這是什麼樣的心情，你瞭解嗎？」
聽到直也這麼說，周遭沉默的同學們也隨之附和。
「太過分了！」
「伸明太可憐了！」
「不要踩他！」
聽到同學們的斥責之聲，明非常生氣。
「你們這些外人通通給我閉嘴！夠了！既然要結束，就讓遊戲結束吧！」
「等一下！明！等一下！」
直也趕緊上前阻止，可是，明已經抽起了99號的卡片。
「抽了……他真的抽了……」
勇佑開心地跳了起來，比出勝利的手勢，向明道謝：
「謝謝你！真的謝謝你，我得救了！你想吃什麼，我都請你吃。」
伸明跪在地上，等待厄運降臨。
「我只能活到今天了，抱歉！智惠美、直也。」
「為什麼會這樣！大笨蛋！」

直也無力地跪在地上嘆息著。

「結束了……」

伸明慢慢地站起身來，走向智惠美，要跟她做最後的道別。

「智惠美，我不知道什麼時候懲罰會來到，也不知道什麼時候會死掉。在此之前，妳可不可以陪著我？雖然我很害怕，可是，跟妳在一起，我覺得比較安心……」

智惠美哭著靠向伸明，抱緊了他。

「我會一直陪在你身邊，絕對不會離開你的！」

「謝謝妳。」

接著，伸明對另一頭的直也大聲叫道：

「我一直認為，能夠展開這場不可思議的國王遊戲的人，就在我們班上。你要代替我，找出國王究竟是誰，讓這場遊戲結束。拜託你了，直也！」

「都這種時候了，你還說這個……」

「拜託你了！」

伸明一面這麼說道，一面向直也擺了個加油的手勢。

「我答應你！一定會終結這場國王遊戲。」

「還有，智惠美也拜託你了！直也，其實你很喜歡智惠美對吧？我都知道。過去，我不可能把智惠美讓給你，但是現在，就交給你了！你一定要好好照顧她。」

這時，全班同學的手機都響了。

【收到簡訊：1則】

伸明看著手機，這麼說道：

「已經收到簡訊了嗎？沒想到我們剩下的時間，居然這麼短暫……」

「別這麼說，伸明！」

「……我總算瞭解昨天直也的心情了，真的很可怕。」

再怎麼偽裝堅強，對死亡還是難免感到畏懼……伸明用顫抖的手按下按鍵，確認簡訊的內容。

【10／25星期日16：20　寄件者：國王　主旨：國王遊戲　本文：遊戲的輸家已經決定了。將處以心臟麻痺的懲罰。輸家是男生座號11號・大野明　END】

「明是輸家？」

伸明趕緊望向明的方向，他已經抽出了第100號的卡片。

「為什麼你要抽第100號卡片……」

伸明走到明的身邊，明只露出淺淺的一抹苦笑，這麼說道：

「我抽走100號了……你終於得救了，太好啦，伸明。」

「你為什麼要這麼做？我不懂！」

「一開始，我的確是想要讓伸明得到懲罰。可是，看到你們的感情，我才發現，不能把懲罰加諸在你身上。你的朋友，都願意犧牲自己，換取你一條性命。你對他們來說是這麼的重要，所以我沒辦法懲罰你，就是這樣。」

「那你又何必犧牲自己呢……」

明指著手上的號碼卡片。

「沒辦法啊，我已經抽了99號，會遭受懲罰的人，不是伸明，就是我了。我想通了這點，所以乾脆把100號也拿起來了。看來，真正該受到神懲罰的人，是我才對。是我讓伸明和智惠美這麼難過，是我背叛了佳奈，這就是我的下場。」

「神才不會這樣無緣無故奪走人的性命呢！」

伸明怒斥道。他把卡片都撕成碎片，扔在地上，斗大的淚珠從臉頰滑落。

「伸明，你有那些願意犧牲自己來保護你的朋友，我真的好羨慕你！你要好好珍惜他們！我因為想要逃離這個遊戲，不惜背叛佳奈，這樣的我根本不值得原諒。」

「你說什麼蠢話！明，你現在為了幫助我，也是不惜犧牲自己啊！」

「真的耶。我想，最驚訝的人是我自己吧。說不定，天堂裡的佳奈，會因此原諒我吧？」

「一定會的，她一定會原諒你的！」

「真是那樣就太好了……早知如此，我應該早一點跟伸明當好朋友才對。」

「別說這種話！我們永遠永遠都是好朋友啊！明！你是我的救命恩人，當然是我一輩子的好朋友！」

「我好高興。謝謝你。對了，還有一件重要的事。你剛才說，國王就在我們班上，對吧？」

「嗯嗯。」

「我也這麼認為。那個人一定就在我們的班上！雖然不曉得是誰………」

突然間，明伸手按住胸口，痛楚已經來襲。伸明趕緊撐住明的身體，把他給抱住。

「怎麼了？你還好吧？振作點啊！」

「命令……令人憎恨……所以……一定……」

伸明搖晃著明，要他保持清醒。

「喂！明！不要再說了，好好保留體力！」

明伸手揪住伸明的衣服。

「一定要……連我的份……一起活下去……為我和佳奈……報仇……」

明抓住衣服的手靜靜地鬆開了。他的身體失去了力氣，就這樣，緩緩地閉上了眼睛。

伸明用顫抖的手按住明的胸口，發現明的心臟已經停止跳動。伸明哭泣著大喊：

「明——！」

伸明抱起了明的身體，邁步走開。周圍的同學們，都因為震驚而呆滯。

這是自己應得的懲罰。可是，受到懲罰而死的人卻是明。

智惠美質問伸明：

「你要帶明去哪裡？」

「去醫院！不可以嗎？難道要把他放在公園裡嗎！」

安息吧，明。

……我，背負著明、佳奈和大輔的命運，一定要找出國王是誰，一定要讓他接受最嚴厲的懲罰。

命令8【10月25日（星期日）晚間11點36分】

「智惠美？妳站在那裡做什麼？」

智惠美就站在伸明的面前，可是，不知道為什麼，他們竟然站在大樓的屋頂上。

「因為國王的命令說，我一定得死，才能救得了伸明……所以我打算跳下去。」

伸明趕緊把手伸長，想要出手拉住她。

「等一下！我並沒有收到這樣的國王遊戲簡訊啊！是哪裡出錯了嗎？」

「沒有出錯，我真的看到了！」

「妳腦子裡在想什麼啊！不要做傻事！」

「拜拜！」

一陣強風吹來，伸明瞇起眼睛，就在這短暫的空檔裡——

智惠美這麼說道，下一瞬間，剛才站在樓頂邊緣的智惠美，已經不見了身影。

「智惠美？妳在哪裡？難道……」

伸明驚訝得坐起身來，往周圍一看，原來是躺在自己的房間裡。

「原來是夢……」

把明的遺體帶到醫院之後，伸明返回家裡，很快就睡著了。

為什麼會作這種夢呢，真是的！

冷汗已經把全身給浸濕了。伸明抹一抹脖子上的汗水，大大地嘆了一口氣。

自己身邊的人，一個一個都消失了……

這時，手機響起了鈴聲。是個沒見過的電話號碼，到底是誰？伸明訝異地接起電話。

「喂喂？」

「伸明？抱歉，突然打電話找你，我是奈美。我從真美那裡問到了你的電話。」

「喔喔，奈美啊，怎麼了，有事嗎？」

「有很重要的事，跟國王遊戲有關的事……」

她說話的口氣，像是欲言又止似的，難道她知道什麼內情？伸明趕忙從床上爬起來。

「妳……知道什麼事？」

「我不知道這和國王遊戲有多少關聯，不過，我在網路上看到，以前有個學校有很多學生死掉，有人上吊、自焚、心臟痲痺、交通意外……在原因不明的情況下，死了好多學生。」

聽到這段話，伸明的背脊一陣冰涼。

「如果國王遊戲繼續下去，我們班會不會也變成那樣？」

「這也不是不可能。」

「我們都會遭遇不測嗎……」

伸明趕緊跟奈美問了那則報導的網站和網址。

「這件事，妳和其他人說過嗎？」

「只有跟伸明你說而已。」

「那……妳先不要跟其他人說。我怕大家聽到之後，會更加恐慌。」

「知道了！其實一開始我就是這麼想的！」

「嗯？為什麼？」

「我看到了伸明你所做的努力，知道伸明一定會想辦法終結這場國王遊戲。所以，我只跟你說。我當然想像得到，其他人要是聽到這個消息，內心會有多麼恐懼。」

「我……其實也不知道自己是否能夠辦到……不過，我會盡力的，不會辜負妳的期望。」

「嗯！那明天在學校見囉。晚安！啾！」

奈美沒等伸明回答，就逕自掛斷了電話。

「晚安……最後那個啾，是什麼意思啊……」

伸明轉向自己的電腦，開始搜尋剛才奈美告訴他的幾個線索。

【經過警方和專家調查，仍無法釐清真相。有可能是集體自殺行為。】

【也有可能是同學自相殘殺。】

【跳崖的學生目前仍未找到遺體。】

一如奈美所說，網路上真的有這幾條新聞。假如這個國王遊戲繼續下去，他們班上的同學很有可能會步上同樣的命運。

伸明試著搜尋【國王遊戲】這個關鍵字。

【適合男女聯誼的國王遊戲】、【教你怎麼連續當國王的方法！】、【這樣的懲罰有趣嗎？】

「……根本派不上用場！」

接著，又搜尋關鍵字【詛咒】。

【世界上真的有詛咒嗎？】、【代替你詛咒別人】、【詛咒的黑魔法】

「一點用也沒有！」伸明嘆了口氣，躺在床上。

雖然聽來有點難以置信，但是這次發生的諸多事件，也有可能是被人下了詛咒。可是，這種國王遊戲，又好像不是第一次，以前也發生過的樣子。

躺著的伸明，想起明在臨死前對他說的幾句話。

『命令……令人憎恨……所以……一定……』

伸明趕緊爬起來，在電腦上打上這幾個詞，

【憎恨　命令　遊戲】

搜尋出來的結果，有幾則勾起了伸明的興趣。

【女皇帝西太后】

指的是清朝末年隱身在皇帝幕後垂簾聽政、擁有無上權力的慈禧太后。除了正史之外，稗官野史中也有留下許多和她有關的神秘事蹟。

【終極的美食秘方】

指的是為了讓人長生不老而特別製作的佳餚。據說會使用非常不人道的食材，調理方式也相當恐怖，所以漸漸地，沒有廚師敢再做這樣的菜，使得這道菜成了「黑暗秘方」，從此失傳。

【終極的遊戲】

掌權者下達命令，要人們拋棄良知，進行恐怖的殺戮遊戲。這種遊戲必須運用人性的私慾、求生慾望，以及對他人的憎恨，才能進行下去。

憎恨又會衍生出憎恨，就這樣永遠循環不息。

殺戮遊戲和國王遊戲……掌權者和國王……用簡訊來傳達命令……私慾……想要接吻……想要做愛……憎恨……明的心態……這樣對比之下，真的跟國王遊戲一模一樣。

彷彿要打斷伸明的思緒一般，手機鈴聲突然響起。一看時鐘，剛好是午夜0點。

【10／26星期一00：00　寄件者：國王　主旨：國王遊戲　本文：這是你們全班同學一起進行的國王遊戲。國王的命令絕對要在24小時內達成。※不允許中途棄權。＊命令8：女生座號22號・平野奈美　平野奈美要對自己下達命令。並且服從照做，就像服從國王的命令一樣END】

對自己下命令？之前好像也出現過類似的命令簡訊，這會不會太簡單了？比方說「照常呼吸」或是「照常吃飯」，這樣就能輕鬆達成使命了不是嗎？而且，這次沒有寫上罰則。

又有電話打來了，號碼跟剛才一模一樣。

「終於輪到我被國王指名了……」

「可是這次很容易，只要妳下令『照常呼吸』就行了。」

「伸明，我聽你說過，國王應該是在我們班上，對不對？」

「大概吧……」

「我知道伸明現在的女朋友是智惠美，可是……能不能請你當我的男朋友，就算一天也好！拜託你！」

「嗄？」

依舊沒等到伸明回答，奈美便掛掉了電話。

「搞什麼嘛，突然講這種話！而且，不等我回答就掛電話。」

伸明一個人自言自語時，手機收到了一則簡訊。

【10／26星期一00：07　寄件者：國王　主旨：國王遊戲　本文：這是你們全班同學一起進行的國王遊戲。國王的命令絕對要在24小時內達成。※不允許中途棄權。＊命令8：女生座號22號・平野奈美　要觸摸國王　END】

「……這是什麼意思？」

奈美又打電話來了。

「這個命令是什麼意思？」

「我給自己下了這樣的命令！這個辦法很不錯吧？我只要把班上每個人都摸一下就行啦！如果我摸到了國王，就會收到確認服從的簡訊！很完美吧？」

「可是……要是國王不在我們班上，那怎麼辦？」

「我相信伸明說的，我相信國王就在班上！對了，你沒有忘記吧？你答應要陪我一整天喔！」

「我哪有答應這種事。我還沒回答，妳就掛電話啦。」

「伸明是騙子！我是相信你的話，才會不惜受到懲罰，對自己下這道命令的耶……」

突然間，奈美哭了起來。

「好啦，我知道啦，就照妳說的！別再哭啦！」

伸明慌張地說，這時，奈美的語氣又突然從難過轉為欣喜。

「真的嗎！太好了！我們約好了喔！」

「妳剛才是假哭吧……」

電話又掛斷了。這傢伙真是……

不過，奈美的這個作戰計畫，倒也真是聰明。如果真能用這個方式找出國王的話……

10月26日（星期一）下午4點，伸明站在講台上，跟大家說明這次的命令。

「大家應該都看到了，奈美下了【要觸摸國王】的命令。」

「耶——！」

奈美站在伸明旁邊，一臉意氣風發。伸明暗自嘆了口氣，這傢伙是不是太天真啦？自己身處在什麼狀況下，難道都搞不清楚嗎？

「所以，每個人都要過來讓奈美摸一下。如果她摸到了國王，我們的手機應該就會收到確認服從的簡訊才對。」

直也恍然大悟地用力拍手。

「原來如此！被摸了之後，如果馬上就收到確認服從的簡訊，那麼，那個人就是國王啊！」

「你現在才想通啊？沒錯，就是這樣。那麼，就從信吾開始吧。」

「喔，瞭解！」

信吾走上前去，挺起胸膛，用手猛拍左胸說道：

「儘管摸吧！」

看到信吾這樣，奈美反而退縮了。

「……其實，只要輕輕摸一下，應該就可以了吧……」

「……那就輕輕摸吧。」

奈美摸了信吾一下。

「沒收到簡訊嗎？那麼，下一位。」

每個男生都逐一走上前來，奈美重複著一樣的動作，接著——

「最後一個男生是敬太！」

奈美摸了走到面前的敬太一下，手機還是沒有響起簡訊鈴聲。看來，國王並不是班上的男生。

剩下女生了。伸明看著點名簿上的座號，心臟跳得越來越快。只剩下一半的同學了。他看了奈美一眼，奈美還是一副開開心心的表情。

「妳還真大膽，我服了妳了。」

奈美毫不思索地問道：

「為什麼？」

「沒什麼！我們一定要找出國王是誰！」

「嗯！只要找到國王，今天一整天伸明都要陪我喔！」

真是個天真到家的傢伙。伸明拍拍自己的臉頰，重整心情，繼續開始。

「那麼，接下來是女生！第一位是里美！」

教室裡一片寂靜。

「里美已經不在了。」

不知道是誰，用小而悲傷的聲音這麼回答。糟糕！不能全照著點名簿來唱名……

「……抱歉，祐子，能請妳過來一下嗎？」

「好。」

祐子走上前來，讓奈美摸了一下。沒有收到簡訊。

又是同樣的步驟，一個又一個的女生走到講台前，被摸過之後又回到座位。算一算，現在只剩下6個女生了。國王一定就在這6人之中。伸明看著點名簿，再一次確認這6人的姓名。

奈美、智惠美、雅美、香織、繪美、寬子。

心跳的速度更快了。國王應該就是其中一人才對。

「再來是奈美，請到前面……喔，妳已經站在這裡了。」

「有——！」

「是喔……那、智惠美，到前面來。」

「知道了。」

智惠美走到前面，靠近奈美對她說：

「我真的很擔心妳耶……妳都不怕嗎？」

突然間，奈美把臉拉下來，表情一變。

「不需要智惠美擔心。我才不怕呢！」

「嗄？」

奈美一邊這麼說道，一邊輕輕地拍了智惠美一下。就在此時，伸明的手機響起了簡訊鈴聲……

「嗄？」

【10／26星期一16：47　寄件者：媽媽　主旨：晚餐　本文：媽媽正在買菜，晚餐想吃什麼啊？今天做伸明最愛吃的燒肉好不好？還是要吃小香腸？等你回電。回家要注意交通安全喔。媽媽留】

「這死老太婆！怎麼這時候傳簡訊給我！」

伸明對著手機大罵，卻突然發現班上安靜得跟什麼似的，原來，只有他的手機在響，別人的手機都沒動靜，於是不好意思地向大家道歉：

「對不起……是誤會……都是我不好……」

「你要嚇死我啊！是伯母傳的簡訊嗎？」

「我媽問我晚餐想吃什麼……真是抱歉，在大家面前失態了。我會好好反省的。」

看到伸明和智惠美兩人開心的對話，奈美臉上浮現不悅的表情。

「既然沒有收到簡訊，就表示不是國王，智惠美可以回座位了。」

「我知道啦……妳不要推我嘛……」

被奈美用力推了一把的智惠美，走回自己的座位。伸明重整思緒，繼續下去。

「接著是雅美，請到前面來。」

奈美摸了雅美一下，不是她。還剩下……3個人。

「再來是香織，請到前面來。」

奈美摸了香織一下。……還剩下2個人。

「再來是繪美，請到前面來。」

要是繪美也過關的話，就只剩下寬子了。

難道是自己判斷錯誤嗎？伸明內心猶豫起來，他的雙腿開始微微顫抖。

奈美摸了繪美一下，然後朝伸明這邊瞥了一眼，小聲地問道：「只剩下寬子一個人了對吧？」

「嗯嗯……」

如果寬子就是國王的話，在被奈美摸到之前，應該會想辦法脫身才對。同學們開始胡亂臆測起來。

「嗄？寬子是國王？」

「這怎麼可能！」

「可是，就只剩下寬子沒有被摸過啦。」

寬子非常生氣，快步走到講台前面。

「等一下！絕對不是我！奈美，快點摸我啊！」

奈美焦慮地摸了寬子一下。

直到最後這一刻，手機鈴聲還是沒有響起。

「這到底怎麼回事？……難道國王不在我們班上？是我誤會了嗎？」

伸明膝蓋發軟，但是奈美卻用溫柔的語氣對他說：

「沒辦法，我們再繼續找吧！」

「哪有這麼簡單……只因為我一個人的胡亂臆測，會害奈美妳受到懲罰呀。」

奈美卻笑著回答他說：

「沒關係！雖然我也很想找出國王，但是找不到也沒轍啊。反正，我早已經做好接受懲罰的心理準備了。」

智惠美趕緊跑上前來，扶住快要倒下的伸明。伸明正要跟智惠美說話時，奈美卻插話進來。

「沒關係的！反正這次受罰的人只有我而已，對吧？我根本不在乎。」

「話是沒錯……但是這樣的結果，讓伸明很消沉啊……」

「我要去廁所一下。」

伸明像是逃亡似地跑向廁所。他原本期待，善用這次的命令，找出躲在班上的國王，可是，最後卻是白忙一場。他實在沒臉站在全班同學面前。

從廁所返回教室之後，教室裡已經空無一人，只剩下奈美而已。

「大家……到哪去了？」

「放學回家啦。」

「回家了？……不過，或許這樣也好。大家原本期待能夠找出國王，我卻讓大家失望了，說真的，我也不敢面對全班同學。」

奈美開心地握著伸明的手。

「我也叫智惠美回家去了，我們一起回去吧！」

奈美硬扯著伸明的手，急著要走。

「喂喂喂！別拉我啊……妳到底要帶我去哪裡？」

「伸明的家啊。」

「嗄？我家？我家不行啦。」

結果奈美露出快要哭出來的表情，這麼說道：

「你跟我約好了，現在卻要反悔嗎？你說今天要陪我一整天耶！我是那個要受到懲罰的人耶。」

這話聽來格外刺耳。奈美終於放聲大哭起來。

「好啦～～我知道啦！只有今天喔。」

伸明也乾脆豁出去地答應了。奈美臉上的表情突然變得笑容可掬，又拉起他的手。

「妳又用假哭這一招啊。」

「這是女人的武器嘛！」
沒辦法，伸明只好帶著奈美回家了。
一回到家，無視於站在廚房母親的問候，兩人趕緊鑽到伸明的房間裡去。一等房間的門關上，奈美就急著想抱住伸明。
「喂！等、等一下！」
「現在總算可以獨處了！還有5個鐘頭，伸明和我是一對喔！」
伸明想要推開一直靠過來的奈美。
「這哪裡是妳說就行的。」
「為什麼不行？」
「還問為什麼，因為我現在和智惠美在交往啊。」
奈美的語調中帶著哭聲：
「可是至少今天……」
「妳又要用假哭那一招了對吧？」
他看著奈美的臉，這次是真的哭了。
「妳真的哭啦？」
這時，奈美又緊緊地抱住了伸明。
「我其實……從好久好久以前，就喜歡伸明了！我心裡一直想，要是伸明有一天跟智惠美分手的話，我一定要變成伸明的女朋友。可是，之前我看到智惠美為了救伸明，甘願脫掉衣服，那時我才瞭解到，我是敵不過她的，你們的感情是沒有缺口的……」

伸明把奈美給推了開來。

「難道，妳只是為了和智惠美比個高下，所以才下了這次的命令？」

「我也想要幫助伸明，找出國王是誰啊……就算我沒辦法找出國王，也能用這個藉口，讓伸明陪在我身邊，我覺得這樣就夠了……」

伸明仰起頭，閉上了眼睛。

「妳怎麼會做這麼愚蠢的事呢！妳為什麼這麼傻……」

「因為我希望我愛的人能夠注意到我啊。現在，伸明不就是只看著我一人嗎？」

奈美更用力地抱緊伸明。

「說真的，我很害怕！所以拜託你，在我受到懲罰前的這段時間，請你一直抱著我！這樣，我就無怨無悔了。」

伸明沒有多說什麼，只有在心中默唸著「智惠美，請妳原諒我這一次吧」。

他伸手環抱住奈美。這個傻呼呼卻又純真的奈美，就快要受到懲罰了。

「謝謝你！我現在真的覺得好幸福喔！」

伸明只好這樣一直抱著奈美，他想，如果這樣能讓奈美心情稍微放輕鬆一點，那也就夠了。

伸明和奈美吃過晚飯之後，兩人開始閒聊，盡量不談到任何有關國王遊戲的事。

「那次是直也的錯！因為他是笨蛋。」

「喔～～原來有這種事啊，我都不知道呢。」

「大家都不知道直也的缺點，要是知道的話……」

智惠美打電話過來，但是奈美說：「不要接智惠美的電話……今天不行！」硬是握住伸明的手腕，阻止他接手機，於是伸明把手機放在床墊上。

晚上的時間很快就過去了。就在快要收到國王的【5分鐘倒數簡訊】前，奈美小小的身軀開始顫抖起來。

奈美很顯然害怕得不得了。伸明靜靜地將她抱住。

【10／26星期一23：55　寄件者：國王　主旨：國王遊戲　本文：還有5分鐘　END】

正因為抱著奈美，更能感受到她身體的顫抖越來越激烈。

「伸明……我、好害怕……」

面對著恐懼不已的奈美，伸明唯一能做的只有凝視著她，完全無法壓抑住淚水。

「任何人都會害怕的。我也會害怕，所以，奈美一定比我更害怕。這全都是我的錯，對不起……」

「我雖然害怕，可是絕不後悔。」

奈美的聲音和身體都不停地顫抖，可是語氣卻很倔強。

「都這種時候了，妳還逞強。妳身體在發抖……我都感覺得到。」

奈美把臉埋進伸明的胸口，小小地吐了一下舌頭。

【10／26星期一23：58　寄件者：國王　主旨：國王遊戲　本文：還有60秒　END】

奈美握緊著伸明的手，說道：

「我最後一個願望，是希望你能……吻我……」

伸明什麼也沒多說，用手輕輕抬起奈美的臉頰，把嘴唇貼了上去。奈美的眼眸裡積蓄的大量淚水，就在這一刻決堤，傾瀉而出。

「謝謝你！我最愛你了！」

……我是死神嗎？為什麼從國王遊戲一展開，跟我扯上關係的人就一個一個死去呢！

「你要和智惠美好好相處喔！」

「妳別替我操心啦。」

「我希望我喜歡的人，能夠得到幸福嘛。」

【10／26星期一23：59　寄件者：國王　主旨：國王遊戲　本文：因為沒有服從國王的命令，必須加以懲罰。女生座號22號・平野奈美　懲罰妳留在永遠的黑暗之中。我就在班上，找到我的方法只有一個。想要找到我，必須互相爭奪、彼此憎恨　END】

我就在班上？是指國王嗎？能夠找出國王的方法只有一個？

「……伸明？」

奈美用畏懼的語氣叫著伸明的名字，伸明開朗地回應她。

「怎麼了？妳沒事吧？」

「你在哪裡？」

「就在妳身邊啊。」

伸明緊緊地抱住奈美。

「我知道你就在旁邊，可是我眼前一片黑，什麼都看不見。」

伸明坐到奈美面前，把雙手放在她的肩膀上。

「我現在就在奈美的面前，妳看不見嗎？」

「什麼都看不見……一片黑暗……」

「什麼都看不見嗎……」

這次的懲罰是【永遠的黑暗】，意思就是……

「奈美！我就在妳面前啊！」

「我的眼睛……是不是看不見了？我只聽得到你的聲音。」

雖然奈美無法看見，但是伸明在她面前跪下，向她道歉。

「對不起……都是我害的……我害妳看不見了……」

「可是，我還活著耶。這樣不是很好嗎？我還可以繼續跟伸明活在同一個世界裡耶，好幸運！」

奈美比出一個V字的和平手勢，只不過，和伸明所在的地方有些許的偏差，然後便開心地笑了。伸明用盡所有力氣抱緊她。

「我們以後還有很多機會見面！什麼時候都可以見面！不管發生什麼事，我都會立刻趕到！只要妳覺得看不見很困擾的時候，我一定會馬上去幫妳！」

奈美睜大那雙看不見的眼睛，斗大的淚珠從眼中流出。

「我好高興……好幸福。」

「我剛才說的話，就是我的承諾！」

就在這時……

【10／27星期二00：00　寄件者：國王　主旨：國王遊戲　本文：這是你們全班同學一起進行的國王遊戲。國王的命令絕對要在24小時內達成。※不允許中途棄權。＊命令9：男生座號12號・金澤伸明　要失去你最重要的東西　END】

「失去最重要的東西？我已經失去太多重要的東西啦！還有什麼可以失去的……」

奈美看不見手機螢幕上寫了些什麼，擔心地問道：

「什麼？這次是伸明嗎？失去最重要的東西……這是命令嗎？」

伸明將手機一把扔了出去。

「沒什麼大不了的，奈美不必擔心！因為跟奈美沒有關係。」

「可是……」

「奈美現在只要先顧好自己就行了，不必替我擔心！」

伸明的手機響起了鈴聲。

「手機在響耶，你不去接嗎？一定是擔心伸明的人打來的吧？……曖……」

「我不想接。」

「你不接電話，他們會更擔心啊。」

「或許吧。可是，這次的命令，我打算靠我自己解決。我不想再牽連我周遭的人了。」

上一通的手機鈴聲才剛停歇，下一通電話又打來了。可是，伸明就是不想接。

奈美的手機也響起鈴聲。伸明幫看不見的奈美拿起手機，放在她的手心裡。

可是，奈美也不想接電話的樣子。

「妳也不接嗎？我可以幫妳按通話鍵喔。」

「我也不想接電話。反正一定是來問我『妳眼睛看不見了，一定很難受吧，妳還好吧？』這類的電話。」

「那是因為他們在擔心奈美妳呀。」

「那我該跟他們說什麼才好？跟每個打電話來的人說『我沒事！我很好！』嗎？要一直重複這句話嗎？」

伸明也不知道該如何回答，奈美的話說得一點也沒錯，同時也給了他不小的衝擊。

他感覺到自己的胸口像是被挖了一個大洞似的，空無一物。

奈美的手機鈴聲停止了。最難過的，其實是奈美本人吧。

命令9【10月27日（星期二）午夜0點43分】

之後，伸明的手機又響了好幾次，於是他乾脆關掉電源。奈美的手機也是響個不停，她拜託伸明，幫她把手機設定成靜音模式。

現在的伸明，只能盡可能陪伴在失明的奈美身邊。

因為他無能為力，能做的只有陪著她而已。

他們兩人靠著牆坐著，伸明摟著奈美。

「會冷嗎？」

「不會。」

「會睏嗎？」

「我不想睡。」

這樣單調的對話一直反覆著。

過了一個小時，他已經不知該說些什麼了。轉頭看看奈美，她發出小小的打呼聲，似乎已經熟睡了。

伸明把奈美抱了起來，移到床上，讓她躺好，然後獨自走到陽台去。

國王的簡訊是這樣寫的：

【我就在班上，找到我的方法只有一個。】

為什麼那傢伙要故意洩漏這些情報？原本以為國王是班上的某個人，可是這個想法已經證實是錯的了。為什麼還是在班上呢？

找到國王的方法只有一個？到底是什麼方法？

想著想著也累了，伸明下樓去上廁所。剛上完廁所出來，身後卻冒出聲音叫住他：

「你還沒睡啊？」

伸明的身體頓時僵直在原地。

「媽……妳想嚇死我啊。」

「我可不是故意要嚇你的喔。」

「媽，我問妳一個問題好嗎？對媽來說，最重要的東西是什麼？」

「嗯～～是我的家人。家人就是寶物嘛！對媽媽來說，伸明就是無可取代的寶物啊！」

家人……自己……寶物……

「媽，很抱歉，我以前老是任性耍脾氣……還叫妳老太婆。」

母親的臉上浮現了笑容。

「這有什麼關係！你會這樣，也是媽媽教出來的啊。」

伸明什麼話也沒說，一口氣跑上樓梯，坐在自己房間門口，靠著走廊牆壁，身體縮成一團，流著眼淚。媽，這次……我將會失去我最重要的東西……

就這樣，伸明坐著睡著了。

「好痛……」

一頭撞在地板上後，伸明醒了過來。他揉著惺忪的睡眼，打開房間的門一看，剛才還睡在房間裡的奈美，已經不見蹤影了。

「跑到哪裡去了？」

房間的桌子上，攤著一本筆記本，上面寫著又大又難看的幾個字。

【我們約定的時間已經結束了，我不會再給伸明添麻煩了。】

一個眼睛看不到的人，到底想做什麼！她打算去哪裡！什麼添不添麻煩的！

伸明沒換衣服，趕忙跑出房間，在玄關穿鞋子時，看到母親走了過來。

「媽！奈美……呃……昨天跟我來的那個女生呢？妳有看到嗎？」

「她30分鐘前就走啦，還說很抱歉來我們家打擾，說完，她就搖搖晃晃、伸手東摸西摸地走了。」

「妳既然看到她那個模樣，就應該阻止她啊！」

「媽媽有攔她呀！可是她說家裡有要事，得趕快回去。還有，她還跟我說，不要把你叫醒。」

在眼睛看不見的狀況下，她打算怎麼回家去？要是被車撞了怎麼辦？

「你今天不用上課嗎？」

「今天是天皇誕辰，學校放假！」

伸明穿上鞋子，跑出家門，先拿出手機開機，打電話給奈美。

「您撥的電話目前無人接聽……」

如果說，她走出家門只有30分鐘的話，應該走不了多遠才對。她不可能這樣子去學校……應該還是會回家吧。

……真美一定知道奈美家住在哪裡，所以，伸明又打給真美。

「早安！妳知不知道奈美家住在哪裡？」

真美的聲音聽來像是剛起床，她說：

「這麼早打給我做什麼？奈美家？就是星辰公寓大廈５０２號啊。」

「太好了！謝謝妳！」

「喂！奈美她還好吧？我擔心她受到國王的懲罰，昨天一直打電話給她，可是都沒有人接耶。到底發生了什麼事？你知道的話，先告訴我吧。」

「……她的生命沒有危險，可是，雙眼失明了。」

「咦？失明？」

「她的眼睛明明看不見，卻自己一個人不曉得跑去哪裡了。妳要是找到奈美，記得馬上打電話通知我。」

「我知道了。」

奈美應該會往回家的路上走，運氣好的話，半路上就能找到她了。

伸明朝著奈美家的公寓大廈全力奔跑，但是，這一路上都沒有看到奈美。

伸明還是不放棄，直接走到奈美家５０２號的門口。他按下玄關前的對講機，對講機那頭傳來伯母的聲音。

「喂？請問是哪一位？」

「啊……我是平野奈美的同班同學，叫金澤伸明，請問，奈美在家嗎？」

「奈美昨天打電話回來說，她要住在朋友家，所以還沒有回來喔。」

「我知道了！謝謝伯母。」

正打算放棄，轉頭走向電梯時，後頭傳來開門的聲音。

「你是金澤伸明同學嗎？」

「是、我就是。」

奈美的母親露出開心的表情，這樣對他說：

「原來你就是金澤啊，最近奈美常常提到你喔。奈美她怎麼了嗎？」

因為心裡有事隱瞞，伸明不敢直視奈美的母親。他看著地面，只說：

「沒什麼……我只是有事想找她。」

「我這麼說或許有點冒昧，你最近是不是……和奈美在交往？」

「不是……」

「原來如此……最近，我總覺得奈美好像隨時都在擔心害怕什麼似的……不過，只要一提起金澤同學，就會變得很開心，所以我在猜，她是不是交男朋友了。抱歉，突然這樣問你。」

「不、沒關係。」

「還請你多多照顧奈美喔，金澤同學！要和奈美當好朋友喔！」

「……我會的。」

除此之外，伸明什麼也沒說，彷彿是要逃跑似的，趕緊離開了公寓大廈。

奈美隨時都在擔心害怕，那麼，在學校裡、在自己面前，奈美其實是故作堅強囉？

伸明感覺胸口像是被撕裂一般。

跑到外頭，伸明再一次撥打奈美的手機號碼。

「您撥的電話目前無人接聽……」

「為什麼不接電話！妳現在到底在哪裡！眼睛看不到，還是可以接電話呀！」

就算傳簡訊給她，她也看不到。伸明在街頭來回奔跑，搜尋奈美的身影，可是到處都看不到。他又打電話給真美，問問奈美有沒有去學校，結果當然是沒有。

伸明自己也背負著執行國王任務的時限，內心的焦躁與不安越升越高。

連續跑了好幾個鐘頭，他也累了。不知不覺，已經到了傍晚時分。

伸明暫且先回到家裡，走進房間。

他沒有找到奈美，也弄不清楚什麼是自己最重要的東西。內心的焦慮已經到達頂端了。

在不知如何是好的情況下，伸明拼命地破壞自己房間裡的東西。

「我正在摧毀我最重要的東西啊！快點寄確認服從的簡訊給我！可惡！」

書桌上的東西全都被掃到地板上。

鬧鐘、相框、檯燈、存錢筒全都被打爛，垃圾桶被一腳踢翻，漫畫也都被撕開。在遊樂場跟智惠美一起贏來的兔子布娃娃，也被扔到了窗外。

「智惠美，抱歉！」

智惠美買給他，說「跟他很搭」的毛線帽，也被伸明用剪刀剪壞了。

「簡訊呢……為什麼沒收到簡訊！……這樣我不就像個白癡一樣，到處破壞東西嗎……對我來說最重要的，就是智惠美、直也、朋友，還有媽媽啊！」

伸明坐在地板上，默默地哭泣著。

這時，他收到了一則簡訊。

【10／27星期二18：33　寄件者：本多智惠美　主旨：你在哪裡？　本文：你今天都沒到學校來。我好擔心×100。國王命令你失去最重要的東西，你該怎麼辦？拜託，快跟我聯絡吧】

智惠美，這件事妳不要管！現在我正在摧毀跟我有關的任何東西。可是，還是找不到什麼才是對我最重要的……

就在此時，奈美總算打電話來了。伸明趕緊打開手機。

「妳現在人在哪裡？我今天一直在找妳啊！」

「你一直在找我嗎，我好高興喔！」

「別說那麼多了，妳人在哪裡？」

「我也是到處亂走，不知道位置。好像在海邊吧？有聞到海水的味道，也有聽到海浪的聲音。」

距離這裡最近的海岸，是奈多海岸。

「我馬上趕過去，妳在那裡等我！」

伸明正要掛電話時，被奈美叫住了。

「等一下！那個……要失去最重要的東西的命令……你達成了嗎？」

「我還沒有達成！妳在那裡等我……」

在話還沒說完前，奈美先開口了：

「最重要的東西……不知道用我的命來換，這樣可不可以？」

「妳說什麼傻話！要是沒收到【確認服從簡訊】，那不就白白浪費一條生命了！」

「眼睛看不到，比我想像中還要難受呢……今天一整天，我都過著眼睛看不見的生活，才終於明白這一點。我也知道，國王遊戲繼續進行下去，是多麼恐怖的一件事。今天早上，我有聽到伸明在走廊上哭呢。」

「那是因為……」

「其實伸明也很害怕對吧，我還強迫你陪我一整天。不過，我不會忘記我們相處的時光的！你吻我的時候，我真的好高興。謝謝你這麼體貼我。對我來說，伸明就是我最重要的東西。我最愛你了，伸明，拜拜。」

奈美的聲音聽來沉著又開朗。但是聽在伸明耳裡，卻又那樣令人心痛。

「等一下……」

伸明剛要開口說話，電話已經掛斷了。

又隨便掛人家電話！她真的想尋死嗎？一再地失去朋友，對我來說已經是難以承受的懲罰啦。

奈美剛才已經告訴他方法了……伸明下定決心，打電話給智惠美。

「伸明，你總算打電話來了！」
「太好了！我有話想跟智惠美說。」
「什麼？」
「在我不接電話的這段時間，妳認為我在做什麼？」
「……思考執行命令的方法？」
伸明用冰冷的語氣回答智惠美：
「不對，我一直和奈美在一起。」
「咦？」
「奈美住在我家裡，我一直抱著奈美，和她接吻，也和她做愛！我喜歡上奈美了！所以，我要和妳分手！」
透過電話，聽得到智惠美的哭聲。
「……你怎麼這麼快就變心了？」
「戀愛本來就很容易膩啊！我現在已經愛上奈美了！」
「……大笨蛋！」
說完這句話，智惠美掛斷了電話。掛電話之後的機械響聲，聽起來是如此空虛。
「對不起，智惠美……」
就在此時，伸明的手機響起了收到簡訊的鈴聲。
【10／27星期二18：58　寄件者：國王　主旨：國王遊戲　本文：確認服從　END】

「成功了！收到確認服從的簡訊了！」
伸明的語氣中透露出喜悅，不過，他馬上冷靜下來思考。
收到這則簡訊，就代表……他閉上眼睛，眼淚不由自主地流了下來。
但是現在不是沉浸在感傷中的時候，他趕忙打電話給奈美。
「您撥的電話目前無人接聽……」
「搞什麼！為什麼不接電話！」
伸明又打了好幾次，卻都是同樣的結果。
「我已經達成任務啦！不需要奈美犧牲性命啦！」
伸明衝出家門，用盡全力朝著奈美所在的奈多海岸奔跑。這段期間，他打了好幾次電話。跑了20分鐘左右，終於抵達了奈多海岸。伸明的呼吸紊亂急促，大口地喘著氣，用盡全身力氣大喊：
「奈美——！」
沒有聽到回答。奈多海岸的海岸線很長，綿延2公里。他一面沿著海邊跑著，一面呼喊奈美的名字，但是沒有回應。
已經跑到海岸線一半的地方了，她到底在哪裡？難道會在別的海岸邊？
他用力踢著沙灘，再一次打電話給奈美，遠處傳來了手機鈴聲。
伸明閉上眼睛，仔細聆聽，然後朝著發出聲音的方向跑去。

發出手機鈴聲的地點，是那個很眼熟的書包，聲音就是從那個書包裡傳出來的。伸明掛掉電話，慢慢地走向書包。

就在書包旁邊，白色細柔的沙地上，寫著幾個字。

【我能成為伸明最重要的東西嗎？】

伸明的雙腿顫抖，全身失去了力量。

「奈美？為什麼妳要這樣……」

伸明身上還穿著鞋子跟衣服，就這樣跑進海裡，發狂似地大喊：

「奈美！」

海水非常冰冷，伸明走到下半身都浸泡在水中，然後用雙手掬起海水。

「這麼冷……」

放眼四周，眼睛唯一能看到的，只有廣闊無邊的海和白色的沙灘，還有一陣又一陣白色的浪花。

沒有任何人影。淚水從他的臉頰靜靜地流下，一直流進他的嘴唇。

「好鹹……這是海水嗎……哈哈哈……」

伸明仰躺下去，倒在海面上。

「是我害死了大家……」

接下來的兩個鐘頭，他持續在海中搜尋，卻沒能發現奈美的身影。

夕陽已經被水平線所吞沒，周圍昏暗下來，變成一個全黑的世界。眼前只有漫無邊際、又冷又暗的大海，身後微微聽見的波濤聲，演奏著穩定的音色。
奈美大概已經被這寒冷、黑暗、廣闊的海洋給帶走了吧。
伸明走上沙灘，呈大字形仰躺，望著天空。天上沒有星星，雖然看得見月亮，但是月亮被雲層所遮蔽，只能看到些微透出的月光。
「我也想死啊。」
救不了任何人，也保護不了任何人。什麼都辦不到，他無法原諒這樣的自己。
「混帳東西！」
他嘶吼著，用拳頭搥打著沙灘。
奈美也死了。而且，剛才他已經失去了智惠美對他的信任。
沒有了信賴，就再也無法交往下去了。信任……就是這麼重要的東西。
這時，伸明的手機發出震動，他收到了一則簡訊。
【10／27星期二19：27　寄件者：國王　主旨：國王遊戲　本文：我創造的未來正逐漸接近當中。軌道已經鋪好了。朝向破滅之路前進　END】
伸明哼哼地發出苦笑聲。
早就走上破滅的道路啦。你所創造的、通往未來的道路。
伸明把手機扔在身旁，重新躺回沙灘上，朝著沒有星星的天空伸出手。
忽然，他又坐了起來，走向奈美的書包。雖然這麼做很不禮貌，但是他把奈美的書包打開，拿出裡面的手機，檢查訊息。

裡面有一則尚未傳送的簡訊。

……該不會是要傳給我的吧？

他非常在意，於是打開簡訊確認一下內容。

【10／27星期二18：58　收件者：　主旨：non title　本文：們　END】

本文只有【們】一個字，尚未傳送出去。這是奈美寫的嗎？如果有句子，那還能夠猜猜看，可是只有【們】一個字，根本無法理解內容。

微微的波濤聲和四周的黑暗，煽動著心中的恐懼。

伸明四處踱步，來回走動，心裡思考著，這該不會跟國王遊戲有什麼關聯吧？

其他死去的同學，他們的手機裡，也有留下這類未寄出的簡訊嗎？這恐怕要親自確認一下才行。

「先去看看大輔的手機吧。」

但是伸明嘆了一口氣，又坐了下來。

「我再多待一會兒好了，明天再去檢查手機的簡訊吧。妳一個人在這裡，一定很寂寞吧？奈美。」

伸明張望了一下，找到一根長度大約5公分的小樹枝。他在奈美的書包旁堆起一座小小的海沙丘，把樹枝插在上頭，雙手合十膜拜，希望奈美能夠得到安息。

我絕對不會忘記奈美的，我答應妳。接著，他在小沙丘旁的沙地上，用手指寫下一段文字。

「妳已經成為我最珍重的人了。」

伸明蹲坐在沙灘上，什麼都不想，只是望著大海發呆。

【10／28星期三00：00　寄件者：國王　主旨：國王遊戲　本文：這是你們全班同學一起進行的國王遊戲。國王的命令絕對要在24小時內達成。※不允許中途棄權。＊命令10：男生座號1號・安達信吾、女生座號15號・木下明美　這兩人各自傳送兩則寫著「去死」的簡訊給同學。收到簡訊的同學將會意外死亡。※不傳送簡訊的話，將受到意外死亡的懲罰　END】

命令10【10月28日（星期三）午夜0點2分】

【10／28星期三00：02　寄件者：國王　主旨：國王遊戲　本文：確認服從　女生座號15號・木下明美　END】

收到這則簡訊的瞬間，伸明立刻瞭解到，明美剛才做了什麼。

只要是收到了信吾或是明美傳來的【去死】簡訊，就必定會死。

這就是國王所創造的未來。

對國王的命令絕對服從。將破滅、軌道、對死的終極恐懼植入人心。

伸明無法抑制全身的顫抖。明美只花了2分鐘，就殺死了2名同學。為了保護她自己，必須犧牲2條人命。

「太惡劣了……」

信吾呢？還沒傳送簡訊給其他人嗎？

伸明站起身來，拿起奈美的書包和手機，再一次眺望大海，這麼說道：

「我還會再來的，奈美。下次，我會選擇太陽出來、海面最耀眼的時候來。因為，那樣美麗的大海，才配得上奈美。」

伸明全力奔向信吾的家。

因為時間已經過了午夜，街道上非常安靜，再跑個500公尺，前方有一座橋，過了橋之後，在十字路口的地方右轉，信吾的家就在那裡。

可是，才剛過橋，方才安靜的街道，一下子就變得吵雜不堪。有人群嘰嘰喳喳的說話聲、還有救護車的警笛聲。在信吾家門口，大約聚集了20多人。

不知道怎麼回事的伸明，趕忙擠進人群裡看個究竟。

「抱歉！可以借過一下嗎？」

撥開人群一看，剛好看到信吾被放在擔架上，正要被抬上救護車。

「信吾！」

他毫不猶豫地衝到信吾身旁。

「發生了什麼事？為什麼你會受傷！喂！」

沒有回答。

「……怎麼會這樣。」

「小鬼，不要擋在這邊！這個人頸部骨折，已經失去意識了，不要隨便靠近。」

醫護人員用手把伸明推開，然後將信吾送上車，開車走了。

「這、這到底是怎麼回事？頸部骨折？這是國王的懲罰嗎？不對啊！信吾是那個要傳簡訊給其他同學的人，現在還輪不到他受罰啊。」

當救護車載著信吾駛向醫院時，一輛閃著燈的警車開到了門口這邊。

周圍的人議論紛紛，並不是因為警察來到現場，而是因為信吾家裡有人走了出來。伸明也跟著人群移動，想看清楚那個人是誰。

臉色蒼白、走出信吾家的，是同班的元基。

警車停在信吾家門口，警察下車，朝元基走去，跟他交談了一會兒之後，就帶著元基走向警車。

伸明趕緊大喊元基的名字。

「元基！是我、伸明啊！發生什麼事了？」

元基緩緩地轉頭看著伸明，用毫無生氣的語調說道：

「喔～～是伸明啊……我可能把信吾給殺死了。其實我並沒有想要殺他，我們只是在爭吵而已……」

說完這句話，元基就被送上警車；警車沒有鳴笛，就這樣安安靜靜地開走了。

「為什麼？信吾和元基，兩個人交情應該很好才對啊……」

伸明轉而奔向大輔家。他得要確定一下，大輔的手機裡，是不是也有尚未傳送的簡訊。假使狀況跟奈美相同的話，應該有留下類似的簡訊才對。

他全力奔跑，花了15分鐘，抵達了大輔家門口。

時間已經是凌晨1點多了，可是他顧不得那麼多，按了對講機好幾下。

「喂？這是田崎家，請問是哪位？」

「抱歉深夜來打擾，我是大輔的同班同學，敝姓金澤。」

「金澤啊，我記得你，有什麼事嗎？」

「有件事想要麻煩您，能不能讓我看看大輔的手機？我必須馬上確認一下，他的手機裡有沒有留下什麼線索。」
「我明白了。我現在馬上去拿，你在玄關等著。」
雖然伯母的口氣聽來有些困惑，但不久之後就聽到解開門鍊的聲音，玄關外的電燈亮起，
大門打開，大輔的母親走了出來。
「來，這是大輔用的手機。」
「謝謝伯母。」
一拿到手機，伸明趕緊打開尚未傳送的寄件匣。
【10／23星期五23：59　收件者：　主旨：non title　本文：的　END】
尚未傳送的簡訊裡，只有【的】一個字。
這絕不是偶然。在寄件匣裡留下簡訊的一定是國王。這說不定就是找出國王的關鍵。
伸明把手機闔上，又還給了大輔的母親。
「謝謝伯母。」
「有看到你想找的東西嗎？」
「我大概猜到了！抱歉，這麼晚還來打擾。關於大輔去世的事……真的很……」
「能不能暫時不要提起這件事？每次一想到，我就會開始難過。」
「……還是要感謝伯母，讓我看大輔的手機。」
伸明對大輔的母親深深鞠了一躬，就將大輔家拋在身後。說不定真的能夠找出國王是誰，
一股淡淡的希望之光，在伸明心中燃起。

接著，伸明跑向距離信吾家最近的秀樹家。在朝著秀樹他家奔跑的途中，伸明有時會停下腳步，稍微休息一下。他用手拄著膝蓋，拼命地喘氣，在深夜的寂靜中，大聲喊叫：

「這實在是太過分了！」

班上總共有32名同學，目前已經死了6人，如果加上明美害死的2人，那就是8人。

而伸明現在看到的文字只有2個字。撇開國王不算的話，班上31個人之中，目前已經有8個字可以當作線索了。

想要多一個線索，就得多殺一個人。想要知道所有線索，就要把全班都殺光。

是這個意思嗎？伸明能夠憑著這極少的線索，先找出國王嗎？或者，國王會先一步把全班都殺光呢……？既然這遊戲是這樣玩的，我就奉陪到底吧！

一旦讓我發現誰是國王，我一定要親手宰了他。伸明在心中發誓。

現在已知的文字有【們】、【的】，拿出手機看看時間，已經1點32分了。在這種時候去打擾別人，的確很不禮貌。不行，一定要盡早取得線索才行。

他繼續邁步奔跑，一心想要早點結束這個遊戲。

由於他已經跑了一整天，雙腿早已疼痛不堪，可是他仍舊鞭策著雙腳，不可以停下來。終於，抵達了秀樹家門口。

伸明停下來喘著大氣，深呼吸幾口氣之後，按下了對講機的按鈕。不一會兒，玄關外的燈亮了起來，不過門只打開一條窄縫，並沒有解開門鍊。

「請問是哪位？」

「抱歉深夜來打擾您，我是秀樹的朋友，敝姓金澤。」

門鍊被解開了，秀樹的母親走了出來。

「怎麼回事？怎麼這麼晚來我們家？」

伸明低頭鞠躬說道：

「因為有緊急的事，所以不得不這麼晚來府上打擾。拜託伯母，能不能讓我看看秀樹的手機？裡面寫了重要的訊息，我必須確認一下。」

「秀樹的手機就在這兒呢。」

伯母把放在鞋櫃上方的手機交給了伸明。

「謝謝伯母。」

打開尚未傳送的寄件匣一看——

【未傳送簡訊：0件】

「沒有未傳送的簡訊！」

伸明一不小心脫口而出。

「怎麼回事？」

秀樹的母親用手指著手機，這麼問道。

「本來應該有一則尚未傳送的簡訊才對，可是不見了。伯母有刪除什麼簡訊嗎？」

「我可沒有動過秀樹的手機喔。」

怎麼會這樣？為什麼沒有簡訊？

「難道……是昨天來的那個女生嗎？」

「嗄？還有別人曾經來看過秀樹的手機嗎？」

「嗯，就跟金澤同學一樣，說要看看秀樹的手機，那個女生說自己是班上的同學。」

原來，除了自己之外，還有別人知道未傳送簡訊這件事！

「她、她叫什麼名字？」

稍微沉默了一會兒，秀樹的母親喃喃說道：

「我記得，好像是姓石井！」

「石井？」

聽到名字的瞬間，秀樹僵硬地站在原地、動彈不得。

石井……就是石井里美啊。她是國王遊戲的第一位犧牲者，就在同一天，和秀樹一樣上吊自殺了。伸明惶恐地問道：

「請問……從外表看來，是怎麼樣的一個女生？」

「呃～～身高大約160公分吧，留著半長的頭髮，看起來滿成熟的。」

完全符合里美的特徵。

「這怎麼可能……里美已經死啦。」

「金澤同學！金澤同學，你怎麼了？臉色好難看啊！」

秀樹的母親扶住伸明的肩膀。

「是、對不起……我有些事想不通。」

伸明的腦中變得一片空白。

里美還活著嗎？這怎麼可能。伸明不解地將手機還給伯母，道謝之後，打算轉身離開。

不過，伸明又停下了腳步，向秀樹的母親懇求：

「伯母，可以讓我捻香祭拜秀樹嗎？」

秀樹的母親毫不猶豫就答應了伸明的請求，引領他走進家裡，來到佛壇前。

在佛壇的兩旁，插著剛摘來、色澤美麗的龍膽和白大菊，供桌上放著零食和香菸。在佛壇正中央，則是放著秀樹在演唱會上熱情獻唱的照片，看起來是那麼的生動。

看著這張照片，伸明實在難以想像秀樹已經死去的事實。他跪坐在佛壇前，將香點燃，雙手合十、閉目默禱。微微的香氣飄過，聞起來讓人心靈平靜。

雖然秀樹平常就愛搗蛋起鬨，但是這樣的秀樹正是他所喜歡的秀樹。沒想到，秀樹會成為國王遊戲的犧牲者。為了不讓更多人繼續犧牲下去，一定要努力找出兇手。所以，秀樹，安息吧。

伸明深深地低頭祭拜，眼睛一睜開，斗大的淚珠就這麼掉了下來。

「再見了！摸奶外星人……在天堂裡……可就沒有那麼好康的事了。」

伸明重新站起身來，向秀樹的母親致意後，便離開了秀樹家。

走出玄關，沒多遠，疲勞感就整個壓了上來。他的身軀靠在附近的一根電線桿上，體內深處不斷傳出顫動。

周圍一片黑暗，路燈也照不到，什麼都看不見。

他並不覺得冷，這股顫動是來自內心的恐懼。一想到未來即將發生的各種事，他就更加害怕了。

為了壓抑住顫動，伸明坐了下來，抱住膝蓋。他撿起身旁的空罐，扔到牆邊，在靜謐的深夜裡，響起空罐的撞擊聲。

難道說，里美還在某個地方活得好好的？

被國王殺死的人，還能夠死而復生嗎？

或者說，一開始里美就沒有死？這麼說來，里美就是……？

他思考著各種可能性，由於疲累的緣故，伸明就這樣靠著電線桿，像是睡死了似的，深深地沉入夢鄉。

當早晨的第一道陽光照著眼睛時，伸明被眩目的光芒喚醒了。

「我怎麼倒在路邊就睡著啦……」

伸明揉揉眼睛，走向附近的公園。在洗手台那兒轉開水龍頭，用冷水把臉洗一洗。

那麼里美呢？里美的手機……會留下尚未傳送的簡訊嗎？

他用襯衫袖子擦掉臉上的水之後，便朝著里美家前進。

「昨天已經跑了一整天，今天還得跑一整天嗎？」

大約跑了5分鐘，就抵達了里美家。他用顫抖的手指按下對講機按鈕。

「喂……請問是哪一位？」

和昨天不同的是，馬上就有人回應了，這反而讓伸明感到非常緊張。

「我是里美的同班同學，敝姓金澤。有件事想拜託您，里美的手機裡寫了重要的訊息，能不能讓我確認一下？」

玄關立刻傳來開鎖的聲音，里美的母親走了出來。

「里美的手機？昨天問這個，今天也問這個！你們太沒禮貌了吧？孩子才剛去世，你們就來找父母親，說要看女兒的手機。你們不懂得要體諒死家屬的哀傷嗎？」

里美的母親雖然嘴上這麼說，不過還是把手機遞給了伸明。

「真、真是非常抱歉。非常對不起！我實在難以表達內心的遺憾……」

「你們要記住這種心情！懂嗎！昨天來看里美手機的人，我也是這樣訓誡她的。」

「有別人來過嗎？……啊、請問，能夠告訴我對方是誰嗎……」

「是個姓上田的女孩子。」

上田……佳奈！就是和直也舉行友情對決投票，輸了之後跳出窗外自殺的佳奈。佳奈來過里美家？

「那……那個女孩子有什麼特徵，您還記得嗎？髮型、身高、長相……什麼線索都可以。」

「她留著半長的頭髮，身高大約160公分左右，外表看起來像是成熟的大人。」

這一瞬間，謎團解開了。有人假借里美和佳奈的名字，來看手機裡的未傳送簡訊，而且看過之後就刪除了。

伸明還是不死心，確認一下里美的手機裡有沒有簡訊。
果然，尚未傳送的簡訊已經被人刪掉了。
【未傳送簡訊：0件】
「謝謝伯母。」
「對了，請你跟我說實話。里美在學校裡，是不是被人欺負？那孩子，在死前那天，突然說她不想去學校。」
「真的沒有人欺負她，我可以保證……」
「是嗎……昨天那女孩也是這麼說的。因為我不信任班導師說的話，我以為班導師會隱瞞學校裡霸凌的事。真抱歉，問你這些事情。畢竟，里美……並不是那種會尋短的孩子……」
里美的母親哭了起來。這時候……該說些什麼安慰的話才好呢？
請您振作起來……？
里美絕不是那種會自殺的人……？
這都要怪國王遊戲……？
「請您節哀順變。」
結果，伸明能夠說出口的，只有這句話。他交還了里美的手機，離開了里美家。
他內心想著，自己的確做了很不禮貌的事。沒有理解對方家長的心情，只顧著要看死者的手機。
這讓伸明非常懊惱，陷入沉思，但是，他得到的結論是……

就算被人嫌沒禮貌，那也無所謂。只要能夠早一步終結這場國王遊戲，他也顧不得什麼人情世故了。

「究竟是誰？身高160公分……留著半長髮……看起來像成熟的大人。」

偏偏怎麼想都想不出答案，內心不禁焦慮起來。

光用腦筋想是沒有用的，現在只好去佳奈和明的家裡問問看了。說不定，還能問出更具體的特徵，也說不定，他們手機裡的未傳送簡訊還沒有被刪除。

伸明走向佳奈和明的家，去拜託家長，讓他查看手機。

「昨天，有個姓石井的女孩子來家裡，說她想看看佳奈的手機。她的頭髮大概稍微蓋過肩膀，身高普通，不過，看不出有什麼特別的地方。」

那個女孩子也來過佳奈的家，果不其然，手機裡的未傳送簡訊也被刪除了。

究竟是誰？留著半長的頭髮，身高160公分，看起來很成熟……班上有好幾個這樣的女生啊。

被秀樹舔過腳的祐子嗎？還是雅美？莉愛？寬子？香織？或者是智惠美？

到了明的家裡，也得到了同樣的答案。伸明失望地走出玄關，這時，明的母親卻好像想起了什麼似的。

「啊、我想到了……」

「還有其他的特徵嗎？」

伸明趕緊轉身回到玄關，這樣問道。伯母則是用手指著自己的手腕說：

「我不知道該不該拿出來講……那個女孩子的手腕，在袖口這邊，有割腕留下的傷疤。」

聽到這句話，所有的點都連成了一條線。他知道是誰刪除這些簡訊了。

「謝謝伯母的幫忙。」

行禮道別之後，伸明離開了明的家。

「原來是那傢伙……」

時間已經過了上午8點，正好是上學時間，伸明乾脆直接去問個明白。

一到學校，他就走進教室，往裡頭一看，只有一半的同學有來上學。在這之中，有一人符合所有的特徵，伸明站在「那傢伙」的面前，用極為嚴厲的語氣說道：

「把那些未傳送的簡訊內容告訴我！莉愛！」

他用雙手使勁地拍了桌子，莉愛抬起頭來，對伸明投以鄙視的微笑。

「你居然查得出來是我啊，虧我還特地用假名呢。」

「是啊，還真是把我嚇了一大跳呢！不過我去里美家的時候，就問出妳的特徵了，也就是妳手上的傷疤！」

莉愛把自己左手的袖子捲了起來，上面有超過10道看了讓人怵目驚心的傷痕。

「原來是這個，被你識破啦。」

雖然莉愛平時很不喜歡別人追問她這些傷疤的由來，但是現在的她卻異常冷靜。

「為什麼要刪除那些簡訊？為什麼即使用假名，也要做這種事？」

「不要在這裡談這個，我們到頂樓去如何？」

頂樓一個人也沒有，非常安靜，靜得令人恐懼。或許是因為和他一起上頂樓的人，是莉愛的關係。

莉愛首先開口：

「果然，伸明知道【未傳送簡訊】的事。」

「嗯。」

「我不希望別人知道我刪除了什麼，所以才故意用假名。畢竟，知道是我刪除的話，一定會跑來問我，簡訊裡到底寫了什麼，就像現在這樣。」

「為什麼要這麼做！理由是什麼？」

原本說話語氣平緩的莉愛，突然改變了語調。

「理由很簡單，因為我想讓國王遊戲繼續下去。所以，我不希望國王被任何人找到。」

「妳也認為那些字是找到國王的關鍵嗎？那麼，為什麼要這麼做？這樣繼續玩下去，遲早會輪到妳啊。」

莉愛望著遠方，緩緩地走向頂樓邊緣的欄杆。

「因為我想死。可是，我不想就這樣死去，我希望能夠死在悲劇之中。對，就像奈美那樣。」

伸明氣得快抓狂，他反問道：

「妳打算利用國王遊戲？就像奈美那樣，做出愚蠢的事？」

「對現在的我而言，我需要國王遊戲。而且，我知道一切，也知道為什麼奈美要自殺。伸明……」

莉愛一面這麼說，一面用冷酷的目光瞪著伸明。

「妳為什麼知道……妳說妳知道一切，妳又知道什麼了？」

伸明惶恐地接近莉愛，這麼問道。

「這個嘛，我究竟知道多少呢？」

莉愛突然跨過欄杆，到了欄杆的另一邊。只要她往外踏出一步，就會跌落下去。她在頂樓的邊緣上遊走著，還對著伸明微笑。

「你想殺我嗎？」

那真的是微笑，可是，卻像冰霜一樣冷，不在乎自己、以及他人的性命。眼神中透露出瘋狂。

伸明疑惑地問道：

「什麼意思？」

莉愛走到頂樓的角落，雙手大大地敞開著。

「我就是國王。現在你只要推我一下，就能輕易殺死我。快來殺我啊，來試試看啊。」

「妳在做什麼！太危險啦！別亂來！」

伸明趕緊跑上前去，伸手越過欄杆，抓住莉愛的手腕，渾身冒出冷汗。

「為什麼要救我？我不是說了，我是國王嗎！別擔心，就算你找到國王，國王遊戲也不會終止。因為，你沒辦法殺人。」

「妳是在逼我嗎？」

莉愛反而出手抓住伸明的手腕，伸明感受到她的體溫，是如此冰冷。

「只要國王還活著，遊戲就會一直繼續下去。只要沒有人把國王殺死的話。」

莉愛說她知道一切。難道說，要讓國王遊戲終結，唯一的方法就是殺死國王嗎？

「妳到底知道多少？」

「現在還不能告訴你。能不能把我放開？我想回到裡面去。」

被莉愛這狂妄的氣勢所壓倒，伸明放開了手。莉愛跨過圍欄，回到了頂樓。

「我現在還不會死，因為我要等到達成目的才行。剛才只是想試試看你有多少膽量而已。」

莉愛說完，就拋下伸明，獨自走了。伸明當場跪在地上，用手撐著地面。

莉愛已經完全瘋狂了。

伸明拖著腳步走回教室，結果被老師斥責：

「你跑到哪裡去了，金澤，快回到座位上。」

伸明沒有回答，直接回到座位上坐好。看著班上同學，老師露出非常嚴肅的表情開始說話：

「有件令人悲痛的事要告訴大家。安達信吾、牛島元基、岩本真希昨天晚上去世了。」

老師流著眼淚，繼續說道：

「安達信吾和牛島元基，昨天晚上發生爭執，牛島把安達從樓梯上推下去，導致安達頸部骨折，在送醫途中不治身亡。牛島在被警察帶往警局的途中，在警車內意外死亡。至於岩本真希，她的父母今天早上到她的房間，發現她死在臥室裡。這個班級到底發生了什麼事！究竟有多少同學死了！」

老師用力搥打黑板，然後雙手抱頭，站在講台上。

信吾和元基，大概在爭執該不該發出簡訊吧，結果導致信吾被推落階梯。明美的「去死」簡訊則應該是寄給了元基和真希，所以元基和真希也都……

結果，3位同學因此犧牲。可是，傳送簡訊給2人的明美，卻沒有出現在教室裡。

「啊啊——可惡！」

伸明用力踹倒自己的桌子，衝到莉愛的座位前，把莉愛桌上的東西全掃到地面上，大聲地怒罵道：

「快告訴我！妳知道什麼，全都告訴我！」

即使如此，莉愛還是裝出一副事不關己的樣子。

「不告訴我的話，我就……」

伸明抓住莉愛的領口，把她拉了起來。

「想要殺我的話，就儘管動手啊。可是，一旦殺了我，我的記憶就永遠埋藏在黑暗之中囉。」

伸明放開了雙手，跪倒在地上，雙手撐著地面。映入眼簾的是莉愛的雙腳。

「拜託妳……再這樣下去，全班都會死啊……」

「不准對女同學施暴！金澤！」

老師和周圍的同學趕上來，把伸明壓制在地，但是伸明奮力抵抗。

「為了終結國王遊戲，我非得跟她問個清楚不可！放開我！」

這時，伸明突然想起一件事。

沒錯，不可以說出口。一旦大家知道簡訊文字的秘密，就會為了找出線索而自相殘殺。要是真的演變成那樣，反而順了國王的意。

「你不怕被停學嗎！」

老師壓住伸明如此罵道。

「隨你高興吧，停學算什麼！」

伸明憤怒地回答。倒是智惠美和直也，一直擔心地望著他。

被壓制在地上的伸明，抬起頭來看著坐在位置上的莉愛。

「那件事，絕對不能告訴大家。」

莉愛什麼都沒說，只是微笑著。

伸明接著被帶往教職員辦公室，老師一面敲著桌子，一面質問他為什麼要對莉愛暴力相向。

為什麼要使用暴力？
班上到底發生了什麼事？
可是，伸明什麼也不肯說。除了「我很對不起」這句話之外。
經過30分鐘的對峙，連老師也束手無策了。
「好吧，你今天就先回家去，讓自己的頭腦冷靜冷靜！下次再發生這種事，就真的要讓你退學了！」
走出教職員辦公室時，伸明向老師深深地鞠躬致歉。

從學校返家的路上，伸明像是行屍走肉一般……。
【10／28星期三9：23　寄件者：本多智惠美　主旨：你還好吧？　本文：我好擔心你喔。最近你變得怪怪的。發生了什麼事，能不能跟我說呢？】
伸明咬緊牙關。明明不是什麼值得落淚的簡訊，但是眼淚卻不由得滴落下來。
是因為自己什麼都辦不到，覺得很不甘心，才會想哭嗎？
因為同學一個接著一個死去，所以感到悲哀想哭嗎？
或許兩者都有吧。
所以，伸明只簡短打了5個字，就把簡訊傳給了智惠美。
「好短的內容……只有5個字而已呢。」
他看著自己發出的簡訊，如此喃喃自語道。

……文字？對了，莉愛現在應該沒辦法去檢查昨天死去的那3位同學的手機。伸明趕緊撥通信吾的手機號碼。拜託，誰接都可以！

「喂？」

「啊、抱歉。我是信吾的同班同學，敝姓金澤，請問這是信吾的手機嗎？」

「是的，不過……信吾昨天夜裡……」

接電話的應該是信吾的母親吧。她突然哭了起來。

現在該說什麼才好，伸明一點頭緒也沒有。他知道自己接下來要做的是非常不禮貌的事。但是……他必須知道未傳送的簡訊裡，究竟寫了什麼字。此時，電話那頭傳來了哭泣聲：

「我想，你是同班同學，應該已經知道信吾過世了。」

「……今天早上，老師已經告訴我們了。」

「既然如此，請問有什麼事嗎？」

「我有件事想要拜託伯母。信吾的手機裡，應該有尚未傳送的簡訊才對。我希望伯母能看一下手機，把簡訊內容告訴我。簡訊裡寫的東西非常重要。」

伸明忍住胸口的痛，這樣說道。信吾的母親聽完伸明的話，一時之間摸不著頭緒，不過

「……我明白了，我看過之後，再回電給你。」

說完便掛了電話。

自己深愛的孩子剛死，同學就打電話來問孩子的事。做父母的會有什麼樣的心情呢？伸明

難以想像。這一切，都是國王遊戲的錯。

伸明一時按捺不住，用拳頭猛擊路旁的石頭圍牆，拳頭因此滲出血來。

這時，他收到了信吾手機打來的電話。

「金澤同學嗎？我看了手機，只有一則未傳送的簡訊。」

看來，還沒有被莉愛搶先一步。

「請問……簡訊裡寫了什麼？」

「只有一個字，是唯一的【一】字。」

伸明深深地鞠躬，向伯母表達歉意和哀悼之後，掛掉了電話。

接著，他又用同樣的方式，得到了元基和真希的手機裡未傳送簡訊的文字。雖然是很不禮貌的行為，但是他非得問到答案不可。

信吾是【一】、里美是【　】、真希是【將】、佳奈是【　】、元基是【個】、明是【　】、大輔是【的】、秀樹是【　】、奈美是【們】。

【一】、【將】、【個】、【的】、【們】。

到底該怎麼排列？

走到自家玄關前，伸明才突然想起，要是讓母親知道他被老師趕回家來，她一定會很生氣吧。

而且，昨天一整天都沒有回家。為了不驚動母親，伸明刻意保持安靜，打算用最小的音量打開大門。

「你回來啦。今天怎麼這麼早就回家了？」

聲音是從身後傳來的。他心驚膽顫地回過頭，看到提著購物袋回家的母親。

「沒什麼，因為……」

「別站在門口啊，快進去吧。」

母親拿著購物袋，推擠著他，要他快點開門。

她不打算罵我嗎？伸明趕緊拿鑰匙打開大門，快步走向自己的房間。

「我有收到智惠美的簡訊喔，她說今天只上半天課，真好呢。」

伸明停下了腳步。智惠美知道他受到老師懲罰，為了怕他被母親責罵，所以特地寫了簡訊幫他解釋嗎？

「是、是啊……所以我就直接回家了。」

要是學校老師也打電話來，那該怎麼辦。智惠美真蠢……不過，很像是她會做的事。

「不過，你不要又跑出門囉，今天給我乖乖待在房間裡。」

「我知道啦。我會留在房間裡。」

伸明走上階梯，回到房間，坐在椅子上，趕緊拿出紙筆來。

他把紙裁成5張，每張紙片上各寫一個字，排列在桌上。

【一】、【將】、【個】、【的】、【們】。

到底該怎麼排列才對呢？伸明抓抓頭，瞪著這5張紙。

如果補上一兩個字的話，他可以想出好幾種排列組合。

【將「人」們的……一個……】

【一「起」將「你」們的……個……】

【將一個「人」的……們……】

【「我」們的……一個將……】

【「你」們將一個……的……】

【「我」們「幾」個將……的……一……】

雖然繼續想下去，還有很多種可能性，不過，就先從這六個方向去思考吧。

【將「你」們……】

這是腦海中最先閃過的組合。

將你們……是指班上的人嗎？如果是的話，班上還活著的同學，除了自己之外，還有二十多人。

「你」們……？「我」們……？伸明拍著桌子，站了起來。

「國王不只一個人？甚至超過2個人？」

如果是這樣的話……伸明靠在椅子上，深呼吸幾口氣。

國王應該不可能超過2個人吧。他抱著頭繼續思考。

另外還有4個字，是只有莉愛才知道的。想要從她那裡問出那4個字，就只好照著莉愛的指示，暫時保密……

話說回來，從昨天起，已經好久沒吃東西了……而且，一整天都在跑個不停，體力早就到達極限了。

伸明到廚房去煮了一碗拉麵吃掉，又回到房間去，盯著紙上寫的這幾個字瞧。

聽到手機鈴聲，伸明突然被驚醒。是直也打來的電話。原來，伸明不知不覺間，已經趴在桌上睡著了。

「什麼事？」

「還問我什麼事？就是擔心你，才會打電話給你啊。」

「喔喔～～抱歉。剛剛不知不覺就睡著了。」

聽到伸明慵懶的聲音，直也發怒了。

「你啊！不知道別人在擔心你嗎！對了，你回家之後，發生大事了喔。大家都在責怪莉愛，認為她隱瞞了什麼跟國王遊戲有關的事。」

聽到這裡，伸明一下子清醒了。他有些猶疑地問道：

「那……那傢伙有說什麼嗎？」

「什麼都不肯說啊，她一直堅持自己什麼都不知道，後來大家也放棄了，不再多問什麼。」

太好了。是因為伸明之前要她不要說出來？還是她打從一開始就沒打算說？雖然不知道是前者還是後者，不過總算是保住了秘密。伸明離開椅子，坐到床鋪上。

「對了，伸明呢？你知道什麼嗎？知道的話就跟我說吧。」

聽到直也這麼說，伸明也不知道該如何回答。跟直也說應該是沒有大礙，直也並不會為了想知道字的含意而去和他人爭執。可是最後，伸明還是回答說：

「我什麼都不知道，抱歉。」

說完隨即掛掉電話。接著，他站起身來，從抽屜裡拿出圖釘，把這幾張寫著字的紙片釘在牆壁上。

光是這樣瞪著看，實在看不出什麼結果。

大約過了一個鐘頭，樓下傳來母親的呼喚。

「直也來找你囉。」

「嗄？直也？」

他趕忙從椅子上起身，走下樓梯，到玄關那裡去。

「我來玩囉！」

直也揮手笑著。伸明暗自「嘖」了一聲。

「喂！你來做什麼，今天不方便啦……」

「別說得那麼見外嘛，我是擔心你才會來啊，打擾囉！」

直也已經脫下鞋子了。

「有什麼關係呢。」

伸明的母親也招手叫直也「進來！進來！」。

結果，還是拗不過母親和直也，直也笑著走上樓梯，

當直也就要走進伸明房間的時候，伸明突然想起來——

「等一下！先別進去。」

他先叫直也在房門外等著，趕緊把釘在牆上的幾張紙片撕下來，藏進抽屜裡。

「讓你久等啦，可以進去了。」

直也走進房間，東張西望，好像看出哪裡不太對勁。

「房間裡是不是少了什麼東西啊？還有好多東西被敲壞了呢。」

「……我嫌那些東西沒用，就扔掉了。」

「該不會……是收到那個要失去最重要的東西的命令，才會……」

直也看到掉在地上的遊戲軟體，嘆了口氣，重新撿起來，放回箱子裡。

「房間裡的東西，包括智惠美送我的東西、還有朋友送我的遊戲軟體……都被我弄壞了。

可是，還是沒有用，很可笑吧。」

伸明的臉上浮現苦笑。

「其實，對你來說最重要的是……失去智惠美吧？」

「很惡劣吧……我還因此跟她說謊呢。因為時間有限，我也沒空想那麼多。」

一股憤怒再度油然而生，伸明把桌上的東西揮掃到地上。

「但是，智惠美還是一直對伸明……」

直也撿起地上的東西，默默地放回原位。

「現在就暫時別說那麼多了，等到國王遊戲告一段落之後，我一定會再一次向智惠美表達我的心意。」

伸明的雙眼流下淚水，直也抽了幾張面紙給他，微笑地跟他說：

「一定要喔。」

一回想起來，就忍不住想哭的心情。

有好多好多事，希望能夠重新來過。可是，那是辦不到的。過去的都過去了，不可能再回頭。希望那些死去的同學能夠重獲生命也是不可能的。既然如此，又該怎麼辦才好？

現在只能望著未來，繼續努力。等到國王遊戲結束的那一天，才是他重新向智惠美告白的時刻。

【10／29星期四00：00　寄件者：國王　主旨：國王遊戲　本文：這是你們全班同學一起進行的國王遊戲。國王的命令絕對要在24小時內達成。※不允許中途棄權。＊命令11：全班同學注意。做出國王遊戲中不必要的行為者，將進行懲罰。因此，男生座號28號・水內祐輔、心臟麻痺。男生座號30號・八尋翔太、窒息死亡。女生座號15號・木下明美、溺死。這些人違反了遊戲規則　END】

看到簡訊的那一刻，伸明拿著手機的手顫抖不止，眼前一片空白。

「祐輔、翔太、明美都要受罰？因為違犯遊戲規則？什麼規則？」

顫抖變得更加劇烈。

「到底是什麼遊戲規則？告訴我！直也，你告訴我啊！」

一旁的直也什麼也答不上來，只能楞楞地站在原地。

接著，又收到另一則簡訊。

【10／29星期四00：00　寄件者：國王　主旨：國王遊戲　本文：因為不服從國王的命令，處以斬首的懲罰。女生座號20號．中島美咲　END】

命令11【10月29日（星期四）午夜0點1分】

「接著輪到美咲嗎……這回一口氣懲罰了4個人，到底是為什麼！」

究竟發生了什麼事？完全無法理解。直也躺在棉被上發楞，伸明則是抱著頭，一次又一次地用額頭撞著房間的牆壁。

「冷靜點！冷靜點！冷靜下來，仔細想想，應該有什麼線索才對！」

伸明重新檢視一遍簡訊內容。

「違反規則……違反規則……這3個人做了什麼事？這個命令讓人摸不著頭緒啊……」

伸明強迫直也從床上坐起來，用手抓著他的肩膀，用力搖晃他。

「這3個人，今天在學校裡做了什麼和平常不同的行為嗎？」

「一下子就4個人……下次會輪到誰？輪到我嗎……」

「喂！振作點！保持清醒！解決問題最重要！直也！」

聽到伸明的怒斥，直也還是處於呆滯狀態，伸明出手打了他一巴掌，想把他叫醒。就在此時……

【10／29星期四00：02　寄件者：國王　主旨：國王遊戲　本文：因為不服從國王的命令，處以火焚的懲罰。女生座號5號・井本祐子　END】

「說真的，到底發生了什麼事？」

伸明用更大的力氣搖晃直也的肩膀。

「你清醒一點！一定要找出受罰的理由才行啊！不然，之後怎麼死都不曉得！你不在乎嗎？」

「啊、抱歉……」

直也總算回過神來了。

「我很擔心智惠美，我要先打電話問問她。直也，你打電話給祐輔和翔太！雖然很可能已經來不及了，可是，還是先問問他們今天做了什麼事。」

說罷，伸明立刻打手機給智惠美。拜託！一定要接啊。可是……

「您撥的電話目前無人接聽……」

「為什麼偏偏這時候不接電話！直也，有人接電話嗎？」

「我打給祐輔，可是打不通。」

伸明一腳踹飛垃圾桶。

「難道說，祐輔已經不行了……」

還是弄不清楚這些同學受罰的原因。雖然不知道什麼舉動會忤逆國王，但是，內心真的希望大家不要做出可能會受罰的事。現在馬上就要查個清楚。

【10／29星期四00：05　寄件者：國王　主旨：國王遊戲　本文：因為不服從國王的命令，處以分屍的懲罰。女生座號29號・宮崎繪美　END】

伸明已經震驚到說不出話來了。充斥內心的只有痛苦、悲傷，還有對國王的憤怒與憎恨。

現在就連哭的力氣都沒有了。

「直也，快打電話給繪美！問她這幾分鐘之內究竟做了什麼事！」
一定要阻止這樣的連鎖死亡。伸明趕緊打電話給翔太。
「……只……是……」
翔太接起了電話，伸明倏地站起身來。
「翔太！你究竟違反了什麼遊戲規則？」
「………不能……呼吸……」
「呼吸怎麼了？」
翔太被處以窒息死亡的懲罰，從電話中聽得出他難以喘息。
「……拒絕……好痛苦……」
「喂！你怎麼了？翔太！」
電話那一頭，傳來翔太倒地的沉重聲響。這是他頭一次聽到這種令人畏懼的聲音，原來，人因為窒息而跌倒時，會發出這樣的聲響。
電話那一頭已經聽不到任何聲音了。
伸明按下結束通話鍵，掛斷了電話。
朋友的死令人悲傷，可是現在沒空讓他悲傷。不快點阻止的話，死亡會持續蔓延下去。此刻，人命就像是被吹熄的燭火一般，輕而易舉就能奪走。
伸明低著頭，用盡全力握緊手機，力道強大到幾乎要把手機捏碎。
「可惡！繪美還沒有接電話嗎？」

直也搖搖頭。伸明內心感到焦慮不堪。到底是誰受了什麼懲罰？誰已經死了？他的腦袋一片混亂。

這就像是在拼一幅絕對不可能完成的拼圖一般，而且，拼不出來的人，下場只有「死」。

「一定要打到有人接電話為止！查清楚原因！還有好幾個人都受到懲罰了！快點問清楚！」

「知道了！」

伸明很顯然把怒氣發洩在直也身上了。

「我也會一起打！啊，翔太他說了什麼『拒絕』之類的！」

在急躁中，伸明這麼說。聽到伸明這句話，直也好像是想起什麼似的，問他：

「拒絕？你剛才說拒絕？是拒絕接收簡訊嗎……是把國王的電話列入拒絕接收狀態嗎？今天，我好像聽到勇佑、翔太、祐輔他們有聊到，不知道把國王的簡訊列入拒絕接收名單，會有什麼結果。」

在國王的簡訊中，的確有提到：

【不允許中途棄權。】

拒絕接收簡訊＝中途棄權？無法完成的拼圖，總算找到可以銜接的部分了。

「直也，我懂啦！他們3人拒絕接收國王的簡訊，等於是中途棄權了，所以才會說違反遊戲規則。」

既然如此，今天沒去學校的明美，又為什麼會受到懲罰？她並沒有聽到男生聊這件事，卻也還在今天拒絕接收簡訊嗎？

伸明趕快打電話給明美。

「您撥的電話是空號……」

「我懂了……」

在之前的命令中，明美發送2則簡訊給同學，造成那2名同學死亡。但是，她也會害怕別人接到國王命令，會對她做同樣的事，所以她把手機門號給解約了。

「意思是說，無論如何都無法逃脫嗎……」

現在班上同學陸陸續續遭到懲罰，要是不趕緊找出原因，犧牲者的人數還會繼續增加。

【10／29星期四00：09　寄件者：國王　主旨：國王遊戲　本文：因為不服從國王的命令，處以分屍的懲罰。男生座號13號・河上勇佑　END】

「還不到十分鐘，就已經有這麼多人受到懲罰了！」

怒火從心中燃起，伸明趕緊打電話給勇佑。

「伸明嗎！救救我！」

電話那頭傳來勇佑的聲音，語氣中充滿了對死亡的恐懼。勇佑用近乎女性的高亢尖叫聲向他求救。

我當然想救你啊，可是，卻不知該如何救你……原諒我，勇佑。為了避免更多人犧牲，有些事非得問個清楚才行。

「勇佑，你冷靜下來聽我說。你在午夜收到國王簡訊之後的這10分鐘之內，到底做了什麼？」

「我什麼都沒做啊！真的！為什麼我也要受到懲罰！你告訴我！」

勇佑的聲音帶著顫抖。

「抱歉！請你再告訴我一件事。祐輔和翔太他們說要擋掉國王傳來的簡訊，有這回事嗎？」

「他們兩人下課之後，就在教室裡這樣子設定手機了。可是我並沒有照他們那樣去做啊，拜託你……想想有什麼辦法可以救我吧！」

勇佑一面哭泣一面大喊。伸明可以想像得到，電話那一頭的勇佑已經陷入了狂躁和恐慌之中。

該跟他說什麼才好？

我很想救你，可是我辦不到。真是令人懊悔的一刻，面對朋友的求救，自己居然無計可施。

再過不久，勇佑就要接受懲罰了。

「伸明！你快救………」

「喂、怎麼了？」

伸明不自覺地握緊手機。

「好痛……好痛、好痛、好痛、好痛、好痛……好痛啊！」

除了一連串喊痛的聲音，還有手機掉落地板的聲音。從手機可以聽見勇佑哭嚎著喊痛，聲音大到完全不像是從手機裡傳出來的一樣。

那哀嚎聲，就像是勇佑在他面前對著他狂吼般，既真實又清晰。
勇佑一定是倒在地板上痛得打滾吧。
「好痛、痛死我了、好痛啊，我忍不住啦！」接連傳來了這樣的哭嚎。
「救命啊！拜託！救命啊！」以及可以想見勇佑臨死前拼命求救的表情……
「勇佑——！」
儘管透過手機呼喊對方的名字，也沒有回答。伸明實在聽不下去，正打算要把手機掛斷時
——
「哇啊啊啊啊啊啊啊！啪哩……喀哩……噗嘰！」
就像是有人拿著菜刀，把勇佑的肢體用力剁開的聲音。這一瞬間，一陣寒氣襲上伸明的背脊，讓他動彈不得。
「死了……」
伸明打從心底顫抖不已。他用抖個不停的手，按下停止通話的按鈕。
他的手抓著房間的柱子，用力之大，幾乎要讓指甲脫落。
柱子上留下了4條鮮明的爪痕。
要是智惠美也遇到像勇佑這樣的懲罰的話……
伸明用顫抖的手，想要打手機給智惠美，可是，手實在抖得太厲害，居然沒辦法好好地按下撥號鍵。
他用左手握緊右手，總算壓抑住抖動，轉到通訊錄，按下智惠美的手機號碼，撥電話給她。

伸明一面在房間裡焦躁地走動，一面等待智惠美接聽。拜託啊……

「您撥的電話目前無人接聽……」

「為什麼就是不接電話！拜託！一定要接啊……」

為了讓自己的心穩定下來，伸明靜靜地閉上眼睛。結果，腦海中閃過一幕又一幕他與智惠美一起度過的快樂時光。

「直也，抱歉！我很擔心智惠美，一定要去她家一趟。」

直也用力地拍了伸明的肩膀。

「你快去吧！」

雖然是在這麼慌亂的局面中，直也還是很冷靜地這麼說道，並且從衣架上拿起外套，遞給伸明。

「謝謝！我一有新發現，就會立刻跟你聯絡！」

平常最靠不住的直也，現在變成了伸明最靠得住的伙伴。

「直也，你先打電話給班上男生，告訴他們絕不能把國王簡訊設定成拒絕接收！還有，也不可以將手機門號解約。我在去智惠美家的路上，會聯絡班上的女生，告訴她們同樣的事！」

「現在能夠保護智惠美的，也只有伸明啦！快去吧！」

直也說完，便一腳把伸明踹出房間，要他趕緊動身。

祐輔、翔太、明美的死已經說明了，絕對不能拒絕接收國王傳來的簡訊。

可是，命令中還有一句【做出國王遊戲中不必要的行為者】，仍舊是個未解之謎。伸明趕緊套上鞋子，衝出玄關。同時，從口袋裡拿出手機，一面全力奔跑，一面打電話給寬子。
「喂喂，寬子嗎？」
「……伸明，大家一個接一個地死掉了。」
寬子聲音中帶著顫抖。從剛才起，接到簡訊的人、接聽電話的人，聲音都一樣恐慌。
「我知道！妳先冷靜下來，聽我說。絕對不能把國王簡訊設定在拒絕接收名單裡，也不可以將手機門號解約！懂了嗎！祐輔他們就是因此才受罰的。」
「他們3人因為做了這種事，所以……受到懲罰嗎？」
說完這句話，寬子不禁哭了起來。
「可是，還有其他人也被懲罰，寬子，妳知道他們為什麼會受罰嗎？」
「我怎麼可能會知道……」
「妳想到線索的話，記得馬上聯絡我！還有，妳也趕緊打電話給其他女生，告訴她們，不要把國王的簡訊設定成拒絕接收。越快越好！」
「……我明白了……」
「拜託妳了！為了避免受罰，現在這段時間裡，什麼都別做！也不要亂動！懂了嗎？」
連那個個性好強的寬子都哭了。雖然，伸明很想說些能夠安慰她的話，但是，他還有很多人要聯絡，所以只好暫且掛斷電話，在心中默默地道歉。
正在全力奔跑的伸明，剛要撥電話給下一個同學，卻沒注意腳步，一個踉蹌猛然摔倒在地，膝蓋和胸口撞擊地面，在柏油路上摩擦滑行，伸出去阻擋跌勢的手臂也被刮傷了。

手臂上出現無數道傷痕，傷痕內夾雜著沙粒，滲出鮮紅色的血。手機也在跌倒時脫手拋了出去，滾到5公尺前方的電線桿旁。

「……好痛！」

雙腳一陣麻痺，胸口因為撞擊而導致呼吸困難，伸明用左手按住胸口。

然後，用力地咳了幾下。

在寧靜的深夜裡，聽見收到簡訊的鈴聲，手機發出閃光，表示有簡訊傳來。這次又是誰要被犧牲了？

在呼吸困難的情況下，身體想動卻動不了，伸明用唯一能動的右手，拖著自己的身軀，朝手機的方向爬過去。

還有4公尺、3公尺、2公尺、1公尺。

就在快要觸及手機的時候，收到簡訊的鈴聲再度響起。

「……到、到底要殺掉多少人才會停手啊！」

伸明用盡全力大聲吼叫。他的聲音在寂靜的夜路上迅速傳播，彷彿傳到了數公里、甚至數十公里遠。

勉強把自己拖過剩下的幾公分後，伸明用染血的手撿起手機，打開第一則簡訊。

【10／29星期四00：16　寄件者：國王　主旨：國王遊戲　本文：因為不服從國王的命令，處以心臟麻痺的懲罰。女生座號31號・山口寬子　END】

「寬子？……我才剛打電話給她，叫她什麼都別做，為什麼還是……」

伸明咬緊牙關，想把手機砸爛在地上，可是這時，他腦海裡回想起之前發生的種種。

……大輔犧牲了性命，告訴我們國王遊戲是玩真的；明代替我而死，拜託我「要終結這場國王遊戲」；奈美為了救我，寧願犧牲自己；祐輔、翔太、明美、勇佑則是用自己的性命證明，不能夠拒絕接收國王的簡訊。

已經有太多同學，因為國王遊戲而犧牲了生命，現在絕不是鬧脾氣的時候。

他把正要扔出手機的手縮了回來，趕忙打電話給寬子。寬子很快就接起手機，一面哭著一面問道：

「為什麼？為什麼我要受罰？你告訴我！快告訴我啊！我真的什麼都沒做啊！」

「我還不清楚是為什麼……妳剛才掛斷電話之後，這段時間做了什麼，能夠詳細地說給我聽嗎？」

「我只有躲進棉被裡，抱住枕頭而已啊！我沒有打電話給其他女生，也沒有通知其他人不能拒收簡訊的規定，我真的什麼都沒做啊！」

「這怎麼可能……一定是做了什麼才對……」

「就跟你說沒有嘛！」

寬子和勇佑的說詞一模一樣。

可是，一定做了什麼，一定有！不過，反過來想想，會不會他們應該要做什麼，卻沒有做，才會引來這種結果？

伸明盡量保持冷靜去思考。寬子、勇佑做了什麼事，是伸明沒有做的？反之，伸明做了什麼事，是寬子和勇佑沒有做的？而且，就在這短短的時間內。

他趕緊回想，在國王遊戲裡，他體驗到了什麼。

在此之前的國王遊戲命令，和現在國王的命令有什麼不同？誰會受到懲罰，是有順序的嗎？再者，有哪幾種特定的懲罰方式？

這時，伸明的心臟開始劇烈跳動起來。

「……難道是？如果我沒猜錯的話……受到懲罰的人還會繼續增加啊……」

伸明在柏油路上爬起身子，對寬子說：

「我先暫時掛掉電話，等一下馬上打給妳。」

掛掉電話之後，他趕緊開啟第2則簡訊。

【10／29星期四00：17　寄件者：國王　主旨：國王遊戲　本文：因為不服從國王的命令，處以火焚的懲罰。男生座號4號‧井上浩文　END】

伸明看著簡訊，不自覺地脫口而出：

「太惡劣了……」

當他發現受懲罰的人不是智惠美和直也時，的確鬆了一口氣，但是，這樣的自己其實也很卑鄙。只是，現在為了證實自己的推測，他還是打電話給浩文。

「喂喂，浩文？……浩文？」

浩文明明接起了電話，卻什麼都沒說。電話的確已經打通了，經過數秒鐘的沉默，浩文好不容易才開口：

「……為什麼？為什麼是我？」

「對不起……我也不瞭解是怎麼回事。」

其實伸明已經猜到是怎麼回事，但是他說不出口。浩文再度陷入沉默，電話那頭傳來鼻水的嘶嘶聲。

請你原諒我，浩文。伸明低下頭，繼續問道：

「能不能告訴我，你是從什麼時候開始哭的？是看到寬子受到懲罰的簡訊之後才開始哭的嗎？」

浩文用緊繃的語調回答說：

「不是因為寬子！午夜0點收到簡訊之後，我本來想打開來看，可是，接著又連續收到好多則簡訊，我心裡想，一定是發生大事了，因為很害怕，所以不敢去看那些簡訊！」

「那……為什麼你現在要打開簡訊來看……？」

「因為我擔心，這次國王會不會指定我去進行什麼任務，所以，我覺得還是得看一下才行。結果，我看了這些簡訊，發現大家都遭到懲罰……連我也是。」

「那麼，你看到簡訊而開始哭泣，是0點16分過後的事囉？」

浩文的回答將會解釋一切。伸明的心臟像是要被撕裂一般緊張不已。

「對啊！可是這有什麼關聯嗎！大家遇到這種事，一定會哭啊，哭有什麼不對？內心悲傷，這樣就會哭啊！這很正常吧？還是說，看到簡訊的人，通通都得要受罰呢！」

聽到浩文說的話，伸明感到全身無力，剛才跌倒的傷口，反倒一點都不痛了。

他原本不希望猜中，但是卻正如他預料的一樣。不，比他預料的更為殘酷。

伸明和直也都沒有哭。但是，伸明打電話給這些同學，他們都在哭。換言之，伸明和直也什麼都沒有做。

這次的命令對象是【做出國王遊戲中不必要的行為者】。國王所想要的世界，是一個破滅的世界，是絕對服從、互相憎恨的世界。在這種世界裡，最不需要的就是『眼淚』。

為了確認國王簡訊的內容，所有同學都會拿出手機來看。看到翔太受到懲罰，一定會哭的人，是他的前女友美咲。另外，祐輔和繪美目前正在交往，看到祐輔受罰，繪美也一定會哭。

祐子本來就是個愛哭的女生，寬子說完「他們3人因為做了這種事，所以受到懲罰嗎？」之後，也哭了起來。勇佑和浩文看到朋友受到懲罰，心裡難過，也因此哭了出來。

朋友死了，當然會難過哭泣，這是再正常不過的反應。

一旦流下眼淚，就要受罰。而受罰的簡訊又傳給其他同學，不知道又會引來誰的眼淚，然後又得受罰，就這樣一直持續下去。

最差勁的惡性循環。

祐輔、翔太、明美用他們的性命，證明了國王的簡訊絕不能拒絕接收。他們的犧牲，照理說可以拯救班上其他同學。可是，一味地追蹤這一條線索，卻引來更悲慘的死亡連鎖。

「太過分了——！」

雖然還在跟浩文通電話，伸明仍舊忍不住喊了出來。真正想哭的，是知道事實真相的伸明自己啊！

「好熱……我的身體突然變得好熱……」

「你怎麼了……浩文？」

「懲罰真的降臨在我身上了嗎？拜託你！如果知道受罰的理由，能不能告訴我？」

這麼殘酷的理由，究竟該不該說出口，伸明也感到很猶豫。

「你知道的話，就快告訴我啊！為什麼我會受罰！你應該知道原因吧！」

浩文用悲痛的喊叫聲這樣問道。

「……因、因為你哭了。」

拋開猶豫，伸明說出了理由。

「……是嗎？這樣就得受罰嗎……」

伸明並不期望自己這短短的一句話，就能讓浩文理解國王遊戲的全貌。不過，電話那頭好像相當能夠接納這樣的結果。

「如果，這就是我被懲罰的原因，那麼，我被懲罰也好！」

「嗄？」

「不是嗎？朋友死了卻不能哭泣，這才奇怪吧！我才不想變成那樣的人。謝謝你告訴我。」

說完，浩文便逕自掛斷了電話。

「我……我又會變成什麼樣的人呢，浩文？你告訴我啊！」

雖然伸明也很想哭，但是他用頭撞擊柏油路面，利用痛楚讓自己忍住淚水。

「我該怎麼辦才好，浩文！我也想說哭就哭啊……可是，這樣下去的話……」

又收到簡訊了。伸明望著手機。

「我會看啦！不過等一下再看，先讓我打電話！」

他對著手機怒罵，然後打電話給智惠美。

「您撥的電話目前無人接聽……」

伸明用手撐著頭，改撥電話給直也。

「伸明，你查出什麼了嗎？」

直也幾乎是立刻接起了電話。伸明用冷靜平淡的語氣這麼說道：

「你要跟班上其他同學聯繫，告訴他們，不要看之後陸續收到的簡訊！至少今天這一整天不要看！還有，別打電話！也不要接別人打來的電話！」

「我聽不太懂你說的是什麼意思……」

「這、這次的命令是……哭出來的人就要受罰！」

伸明感覺到直也的心在動搖。

「為什麼不能打電話……？」

「要是打電話給別人，聽到同學的死訊怎麼辦？聽說死了很多同學，又該怎麼辦？」

「這、說得也是……」

「直也，我離開之後，你應該收到了很多簡訊吧，你居然能忍住不哭出來。」

「你說那些簡訊嗎？你出門之後，我根本沒時間看那些簡訊，我一直想打電話聯絡同學，所以沒注意到簡訊增加了那麼多。」

「原來如此，還真是不幸中的大幸。真是太好了。」
「如果我自己一個人看簡訊的話，的確是會想哭。」
伸明緊握住自己的手機。
「你去我的書桌前，把最上面的抽屜打開來看，裡面有5張紙片，寫著5個字。你快去找出來！」
「知道了，我馬上去找，你稍等一下。」
大約等了10秒左右。
「有啦！這是什麼啊？」
伸明將一切告訴直也。那是死去的人手機上遺留的未傳送簡訊。這些文字很可能是找出國王真實身分的關鍵，而且，莉愛知道另外4個字是什麼字。
所以，伸明拜託直也幫忙，要他協助查明今天受到懲罰而死的同學，手機裡遺留的尚未傳送簡訊有什麼字。
「雖然只是臆測，不過，我猜智惠美因為某種理由，現在還沒看到簡訊。不然，以智惠美那個愛哭鬼來說，一則簡訊就可以打敗她了。」
「對啊！不快點聯絡上她的話，一定會發生最糟糕的事。」
「我知道。可是，我打了好幾次都沒有人接。直也，你也打電話給智惠美看看，不要用簡訊，而要用電話親口告訴她『不要看簡訊』！還有叫她千萬別哭，千萬別打電話給別人。」
「知道了。可是，為什麼你會突然改變心意跟我說這麼多？」

伸明重整自己的心情，說道：

「我也不知道自己什麼時候會忍不住哭出來，就怕真的發生那種情況，所以預先把我知道的告訴你。反正，為了慎重起見，今天一整天都不要看簡訊！我也不會再看簡訊了。」

「我絕對不會看的。」

「好！就盡快通知大家吧！」

伸明說完，掛了電話，然後沉重地嘆了一口氣。現在呼吸已經沒問題了，可是腳還是很痛，走不動。看著自己手腳上的傷痕，伸明不禁喃喃自語道：「身體和內心都傷痕累累了。」

他再一次撥電話給智惠美。可是，智惠美就是不接電話。伸明再次深深地嘆了一口氣，蹲坐在路旁。

拜託妳接電話呀，智惠美……不過，說不定直也那邊進行得很順利，他可能已經聯絡上智惠美了……然後代替我，終結這個國王遊戲。

月亮已經完全隱沒在雲層中，橙黃色的街燈隔著固定的頻率閃爍著。伸明感覺自己像是在一個幽暗的隧道中，永遠走不出去。

「最近，常常一個人半夜在外頭跑個不停。在這樣的日子裡，又有人要死去了……」

伸明這麼自言自語，抬頭望著夜空。

「我對不起大家！沒能遵守跟大家的約定。可是，我已經把任務交付給直也了，那傢伙一定可以辦到的。」

他就這樣朝著天空雙手合十，像是在道歉一樣。

「智惠美，抱歉，我真的很想要救妳，可是……這已經是我的極限了。」

他想起過去和智惠美的種種。他們在一起相處的日子、吵架的日子、歡笑的日子，還有，國王遊戲展開之後的這幾天。有笑臉、生氣的臉、哭泣的臉、困擾的臉、無邪的臉，伸明臉上浮起微笑，轉而看著手機。

「不知道下一個受罰的人會是誰……」

他的手指移到收件匣。……我不想當個悲哀的人。

「原諒我。」

他心中有了覺悟，想確認手機裡的簡訊，但就在此時，突然有人打電話來，他按下了通話鍵。

「總算打通啦！你的手機一直通話中，害我都找不到你呢。」

陽介慌張的說話聲，就像是嘴巴貼著手機在講話一樣那麼大聲。雖然伸明已經無力對應，但是聽對方的口吻有些怪異，讓他不由得反問：

「有什麼事？」

「你聽好囉！國王遊戲以前就有人玩過了！而且，我查出是在哪裡了。」

「你說什麼？」

「我們也一直在調查能夠讓國王遊戲結束的方法啊！」

「我不知道陽介你也有在調查……不過，這都跟我無關了。」

伸明冷冷地說道。

「為什麼？」

「反正我也遲早要受到懲罰而死……」

「你說什麼傻話！那我告訴你吧！知道這件事的人，除了香織以外……全都在今天這一次的命令中死去了！至於香織，我到現在一直聯絡不上她。」

陽介說話的口吻像是要哭出來似的。

「蠢蛋！不能哭！一旦哭出來就要受罰了！別哭，陽介！」

連伸明都慌張得站了起來。

「……這次的命令，是哭的人要受罰嗎？」

「就是這樣！所以別哭了！你和直也聯絡上了嗎？」

隨之而來的是數秒鐘的沉默。

「已經太遲了……我也要受到懲罰了。雖然直也有跟我說，不能拒絕接收國王簡訊，可是，他沒提到不能哭這件事……」

伸明非常後悔，扯著自己的頭髮。

「連哭都不能哭，實在是太沒人性了！這根本是不可能辦到的事……所以大家才會……」

伸明的掌心滲出了汗水。手機裡還有一些沒看過的簡訊，其中大概也有懲罰陽介的通知吧。陽介的口吻突然轉變，說道：

「……怎麼……突然變得好冷……身體……好冷……」

「你還好吧？喂！」

伸明除了剛才那句「你還好吧？」之外，也只能一再重複同樣的話，說不出其他的句子。

他什麼都辦不到，也救不了朋友。陽介他們調查到了曾經發生過國王遊戲慘劇的地點，伸明卻什麼都查不出來。

伸明緊握拳頭，指甲掐入掌心肉裡，幾乎要滲出血來。陽介用寒冷發抖的聲音這樣告訴他：

「過去……曾經進行過國王遊戲的……地點是××縣……夜鳴村……可是查不出是哪間學校。」

「夜鳴村是嗎！我記住了。」

「還有，那是個……地圖上沒有標明的……村子。」

「地圖上沒有？」

是從地圖上消失了嗎？陽介的聲音越來越微弱了。

「拜託……你了！還有香織……也拜託你……可以嗎？」

「嗯嗯，放心吧！香織也是！我一定會救她的！你們正在交往吧？」

「只是……單戀罷了……謝謝……」

陽介的聲音消失了。伸明對著沒有人回話的手機，大聲喊著：

「陽介——！」

他使出全力大喊著。為了不讓眼眶中的淚水掉下來，伸明仰起頭，用力閉上眼睛。

「想一些快樂的事……想一些有趣的事啊！」

他一面甩著頭，一面這樣告訴自己。
「為什麼現在什麼都想不起來呢！」
呼吸變得異常急促，他深呼吸好幾次，讓自己的心情沉澱下來。
「別哭！不能哭！不能哭！要笑！笑啊！笑啊！快點笑啊！」
伸明如此強迫自己，勉強擠出笑臉。臉都皺成了一團。
「我現在的表情，一定很怪吧……要是有鏡子的話，我看到一定會笑出來吧，哈哈……」
他把臉朝下，想起最近的事。
「直也早上起床時，叫聲跟鴨子一樣……還有智惠美做的咖哩，實在有夠難吃。那個時候，智惠美的表情實在很好笑。」
雖然是苦笑，但至少是笑臉。
我一定要遵守跟大家的約定，伸明舉起右手，用力地咬下去，這是他為了阻止悲傷的情緒，唯一能做的事。那個發送如此殘酷又邪惡的命令的傢伙，才是最應該憎恨的。
伸明把悲哀轉化為憎恨。接著，朝向天空大叫道：
「你瞭解什麼是痛苦嗎？要忍住悲傷和眼淚，你知道有多麼痛苦嗎！」
他拿出手機，把可能是懲罰陽介的簡訊給刪掉。手機螢幕的亮光，稍微照亮了伸明的臉龐。
「……得要打電話告訴大家才行。只能這麼做了！一定要這麼做！」
伸明奮力站起身來，甩開悲傷的情緒。

打開通訊錄，找出【丸岡香織】之後，伸明內心默禱一定要接通，然後按下通話鍵。等待的嘟嘟聲持續了1分鐘以上，香織還是沒接電話。

「為什麼不接電話！陽介也說一直沒辦法找到香織……可惡！」

再一次打給智惠美，同樣還是沒人接。是睡著了嗎？不……除非是改成無聲模式，否則，鈴聲響了這麼久，一定會起床接電話才對。

現在只能親自跑一趟智惠美家了。在路上，伸明聯絡上了雅美和美奈子，把現在的情況告訴她們。

還沒聯絡上的人……正在這麼想的時候，突然聽到背後有人叫他的名字。回頭一看，是智惠美、香織、真美，另外還有一個人躲在暗處，看不清面孔。

「……智惠美。」伸明脫口而出的只有這句話。

「太好了……真是太好了！」

安心的感覺，瞬間導致淚腺鬆懈下來。

「啊、不可以！」

伸明拍拍自己的臉頰，笑著揮揮手。智惠美小跑步到他的身邊，可是近距離一看，卻驚恐地問道：

「你……你發生什麼事了？手和額頭怎麼都是血……」

智惠美把伸明的手舉起來，小心地拍掉上面的沙粒，輕輕地吹了幾口氣。

「說真的……到底發生了什麼事？你在這裡做什麼？」

伸明微笑著說：
「還不都是因為妳。」
「什麼意思？」
「開玩笑的啦！只是跌倒而已，沒什麼大不了的。可是，這麼晚了，妳們出來做什麼？」
「是莉愛說有事情要跟大家講，我們才會出來的。」
「……莉愛？」
是剛才看不清面孔的那個人嗎？再仔細地定睛一瞧，另外那3個女生當中，其中一人的確就是莉愛。
「妳這傢伙！把智惠美找出來要做什麼！」
伸明全速衝到莉愛面前，用手緊抓住她的手腕。
「叫她們出來不行嗎？就是因為有重要的事，才會叫她們出來啊。」
智惠美此時擋在伸明和莉愛中間：
「冷靜點！她又沒有對我們怎麼樣。」
伸明放開莉愛的手腕，這時，旁邊的香織問他：
「你怎麼這麼激動啊？而且還滿身是傷。」
「……先別管我，你們有帶手機嗎？」
「有帶啊。」
「有看過……簡訊的內容嗎？」

「還沒看。本來想看，可是莉愛說不能看，所以還沒看。」
「莉愛阻止妳們看？」
伸明把莉愛拉到遠一點的地方去，問道：
「妳怎麼知道要阻止她們看手機簡訊？妳已經知道受罰的原因是什麼了嗎？」
「還不就是流眼淚的人會受罰嗎？所以囉，不要看簡訊就解決啦。」
莉愛滿不在乎地說道。
「妳有告訴其他人嗎？」
「沒有。」
「既然知道，為什麼不提醒其他人！……妳知道已經死多少人了嗎？」
伸明用力抓住莉愛的肩膀，把她按在水泥牆上。
「跟我又沒有關係。」
「妳這傢伙，真是差勁到了極點！」
假如她不是女生，伸明早就一拳揍下去了。不過，也多虧了莉愛頭腦轉得快，才讓智惠美保住了性命。
「那麼，告訴我！為什麼今天妳們4個人半夜要出來？」
「因為有人發現了過去曾經進行過國王遊戲的地點，所以我把香織找出來問個清楚。」
「可是，這跟智惠美、真美無關啊！妳叫她們來做什麼？」
突然間，莉愛的表情變得非常認真。

「你想知道？你不後悔？」

「快點跟我說就是了！」

剛才躲在雲層中的月亮，終於從雲的隙縫中灑下少許月光，微微照亮了莉愛的臉龐。

「因為我認為，智惠美和真美，其中一人是國王。」

伸明的腦袋裡一片空白。

「不會吧……這怎麼可能……」

「我先解釋清楚好了。我說『不可以看簡訊』，其實只有對香織一個人說而已。」

「智惠美怎麼可能是國王！別開玩笑了！」

伸明終於忍不住，大聲咒罵起來。或許是聽到了自己的名字吧，智惠美靠了過來，問道：

「我怎麼了？」

「不、沒什麼。」

他在莉愛耳邊小聲說道：

「絕不可能是智惠美。」

「你為什麼說得這麼肯定？」

「為什麼……因為她是智惠美啊。我無法想像智惠美就是國王！絕對不可能。」

「要我把智惠美是國王的理由說給你聽嗎？」

這時，伸明、莉愛、香織的手機都響起鈴聲。智惠美和真美那邊，卻沒有聽到手機鈴聲。

伸明看看螢幕，上頭顯示著【收到簡訊：1則】。

「你不想看簡訊嗎？」
「我才不要看呢！我已經看太多了……妳知道已經有多少人因此犧牲了嗎！」
「你不看的話，那些受罰的人又該找誰報仇呢？」
「妳說反了吧！看了之後反而會死更多人，這又算是哪門子的報仇！」
「這可不一定喔。說不定，他們想多拉幾個人一起下地獄啊？」
「哪有這種事！」
「反正，班上少一個人，就更容易找出國王是誰了。至少我認為，不是智惠美就是真美。」
「別再說了！就算妳是女孩子，我也照打不誤！」
他用鋒利的眼神瞪著莉愛，握緊了拳頭。接著，他閉起眼睛，暗自說了一聲「抱歉」，就把手機收回長褲口袋裡，然後詢問莉愛：
「我可以問妳一個問題嗎？智惠美現在有帶手機嗎？」
「她沒帶。」
莉愛微笑著反問伸明：
「問題一，你認為智惠美為什麼不帶手機呢？」
「我哪知道！只是單純忘了帶吧！」
「問題二，出門的時候，有什麼方法可以讓自己絕對看不到手機的簡訊？」
「……不要看就好啦。」
「這個回答不夠好。問題三，你覺得智惠美看到這次的簡訊內容會不會哭？」

「我怎麼知道！要看情況跟場合吧。」

「問題四，愛哭的智惠美，如果看到簡訊也沒哭，你不會起疑嗎？」

「……妳問這麼多，到底是什麼意思？」

「回答我啊！」

「她和別人在一起的時候，應該會看到別人手機的簡訊吧！別人應該會拿簡訊給她看吧！就算忘了帶，還是一樣會看到啊！不是嗎？」

「你還是沒回答我。」

伸明抓抓頭，這麼說道：

「是啦，沒有哭的話，是有點奇怪！可是這又怎麼樣？光憑這一點，就斷定智惠美是國王嗎？只因為她忘了帶手機出門？」

「你只答對了一半。」

「妳真的很煩耶，有話直說好嗎！」

「在我們面前看了國王的簡訊，卻沒有哭的智惠美，會讓人產生疑問＝奇怪＝國王的聯想。為了不讓我們這麼想，所以智惠美才會不帶手機。」

伸明不屑地哼了一聲，笑了出來。

「就這樣？妳是腦殘啊？這麼可笑的推理。既然如此，她一開始就拒絕妳的邀約，不要出門不就得了嗎？」

「是啊。」

「照妳的可笑邏輯來看，要是其中一人遭到懲罰，在妳們面前當場死亡，那麼，沒有哭的那個人，就必定是國王囉。」

「正確答案。你沒有我想像中那麼笨嘛。不過，面對我的邀約，即使是國王，也沒有理由拒絕我。」

「為什麼？」

「昨天，包含香織在內的幾個人，查出了過去曾經進行過國王遊戲的地點。對國王來說，這想必是出乎意料的演變。所以，我找來知道地點的香織，還有我懷疑是國王的智惠美和真美，跟她們說有要緊的事，所以找大家集合。」

「……」

「國王一定很想知道我們調查到什麼地步，所以，就算冒著被識破的危險，也要赴約。這就是我的想法。不過，在路上我發現了一件更有趣的事。當我收到簡訊時，智惠美和真美的手機都沒有響。」

伸明半信半疑，但是莉愛說得再怎麼無稽，也不能視若無睹。

「在午夜0點，為了確認國王的命令，大家都會隨身帶著手機的情況下，很碰巧的，這兩人卻都忘了帶手機。我被這巧合嚇了一跳，唯一的合理解釋，就是其中一人是國王。」

「國王為了避免被人懷疑，必須把可疑的因子完全排除，所以刻意忘了帶手機嗎……」

「沒錯。話說回來，香織只跟我們幾個人說，他們查出了過去曾進行過國王遊戲的地點。可是她說那個地點是秘密，還沒跟我們說。」

「等一下！妳還不知道過去進行過國王遊戲的地點？香織沒有告訴妳嗎？」

「你已經知道了？」

「知道了。」

莉愛用令人退避三舍的冷酷表情說道：

「既然如此，早知道我就不該阻止香織看國王的簡訊才對。智惠美和真美要是親眼看見香織死在面前，而其中一人沒有哭的話，我就能查出國王的身分了。可是，唯一知道地點的人要是死了，我也會很困擾，所以我才阻止香織看簡訊。」

「妳說這些話是認真的嗎？」

「撇開感情的因素不談，接下來才是重點。這次的命令，和過去的命令不一樣，這次是大屠殺，你知道目的是什麼嗎？」

「目的？……難道是要殺死知道地點的人？所以用亂槍打鳥的方式……」

「沒錯！目的就是要殺死知道地點的人。反正死無對證。現在，知道事發地點卻還活著的，恐怕就只有你和香織了吧。」

陽介的確說過「知道這件事的人，除了香織以外，全都在今天這一次的命令中死去了！」。

「過去曾經進行過國王遊戲的地點，對國王而言，應該是不想讓任何人知道的秘密。雖然這只是我的臆測啦。你能告訴我地點在哪裡嗎？」

「誰會告訴妳啊！」

「是嗎……我明白了。不過，如果你要去的話，就要盡快去。今晚死了這麼多人，學校和警察可能會從此限制我們的行動。對了，順便告訴你一件好消息吧。國王傳來的第一則簡訊，我已經拿我的手機給智惠美和真美看過了。可是，因為我在監視她們的緣故吧，她們兩人雖然難過，卻都沒有哭出來。」

莉愛故意讓她們看簡訊，想要讓智惠美或真美被國王殺死。此時，伸明很認真地思考著，自己到頭來會不會也利用國王遊戲，殺死莉愛這傢伙。

「妳這傢伙，真的快把我逼瘋了！」

「是嗎？我其實還滿喜歡你的呢。最後一個問題，假如智惠美是國王，你打算怎麼辦？」

「如果我親自確認，智惠美就是國王的話……我應該會懲罰自己吧。這已經不是反省可以解決的事了。所以我也應該受到懲罰。」

「意思是，你會殺了智惠美，然後再自殺嗎？」

伸明意志堅決地點頭。

「我和妳，是永遠不會有交集的。」

伸明最後瞪了莉愛一眼，轉身想找智惠美她們說話。不過，她們3人正站在自動販賣機前面聊天。

「抱歉！讓妳久等了。」

伸明揮手跑過去，智惠美露出鬧彆扭的表情瞪著他。

「你跟莉愛在談什麼？」

「一些無聊事啦！」

伸明看著香織的手，她手上還握著手機，於是他趕緊一把搶過手機，把手機藏在背後。

「你幹什麼啦？快點還給我！」

「我馬上就還妳，可是妳要答應我！絕對不可以看簡訊！還有，今天一整天，絕對不可以和任何人通電話。也不可以接別人打來的電話。」

這3個女生，大概還不知道這次到底死了多少同學吧。當然，伸明遲早得跟香織說陽介已死的消息，但絕不是現在，而是要等這次的命令結束為止。

「告訴我為什麼嘛。莉愛也只說『絕對不要看簡訊』，沒有多做解釋。」

「因為絕對不能哭出來。詳細狀況等明天再說給妳們聽。」

真美對此相當不滿。

「光是聽你這樣講，我就無法接受！」

這時，遠方傳來救護車和警車的警笛聲，不久，救護車和警車就通過他們眼前，往另一頭去了。

救護車上該不會載運著這次的死者吧？如果是這樣，那麼，警察應該會朝著殺人案件的方向去偵辦。這該怎麼辦才好？狀況有了重大的轉變，伸明已經做好心理準備了。

「真美，理由我明天會解釋給妳聽！所以，這次暫且先聽我的好嗎！拜託！」

伸明低頭鞠躬。

「真是夠了……受不了你，臉皮這麼厚。香織，別管伸明說什麼了，我們走。」

真美說完，便拉著香織的手要走。

「等一下！他還沒有把手機還給我。快點還來啦。」

香織走向伸明，把手伸了出來。

「妳還是想看簡訊？」

「當然要看。因為我信不過伸明。」

「妳信不過我？」

「別說那麼多了，快把手機還我！」

「好啦好啦……就還妳吧。」

伸明轉身背對香織，把手機的收件匣打開，想先把那些國王的簡訊給刪除。

「等一下，你要刪除簡訊？不准亂動我的手機！」

香織伸長了手，想把手機搶回來，但是伸明用背部擋住香織，把收到的簡訊一一刪除之後，才把手機還給她。

「差勁！怎麼可以隨便刪除別人的簡訊！」

他的臉頰被狠狠甩了一巴掌。

「啪」的響聲讓他耳鳴不止，伸明慢慢地把臉轉回來。

「……我知道這樣做很惡劣，可是，請妳諒解。我真的不能讓妳看那些簡訊。」

「可是，你用的方法太卑劣了！」

「就算妳會因此討厭我，我也不在乎。總之……不要看簡訊就對了。」

真美也怒氣沖沖地走了過來，為香織出頭。
「你真的是超惡劣的！」
「被妳們罵我也甘願，可是，千萬不能看手機裡的簡訊。」
「為什麼我們非聽伸明的不可？有種的話，把真正的理由說給我聽啊！」
「真正的……理由？」
「因為，我認為伸明你就是國王！不光是我這麼想，還有好幾個同學也都這麼想。」
「……我是……國王？怎麼會……？」
伸明腦袋裡一片混亂，他怎麼也沒想到，自己會被班上同學誤以為是國王。
「最初說『國王遊戲是玩真的』的人是你吧？伸明從秀樹死去的那一天起，就知道國王遊戲是玩真的，這不是很奇怪嗎？我看你打從一開始就知道了吧？」
「我沒有！」
「那我問你，是誰用那種卑鄙的手段，逼佳奈自殺的？殺了明的人又是誰？把奈美逼死的人又是誰？」
「不是我……不是我……」伸明一面這麼說，一面猛搖頭。
「其實，是你要求奈美『變成你最重要的東西』對吧！說不定，你為了救你自己，故意把奈美殺了，還弄成像是自殺的樣子，對吧？你去找奈美那麼久，究竟做了什麼事？」
真美的話讓伸明大受打擊，楞楞地站在原地。
奈美的死，絕不是妳們猜測的那樣。如果我是國王，根本就不會刻意做那種事。儘管伸明想要為自己辯駁，但是喉嚨卻發不出聲音。

……在智惠美之後，連我也變成國王的可疑人選了嗎……。我之前的努力是為了什麼……在此之前的努力，難道全都不算數嗎……

而且，居然說奈美是我殺的，這實在……

當時我是什麼樣的心情，妳們能夠瞭解嗎？我的內心是多麼痛苦，還為此落淚，妳們知道嗎……

光是今天，就見到那麼多朋友死去，這是多麼大的打擊，儘管如此，卻不能夠敞開心胸哭泣，就連流眼淚的權利都沒有。

在這種狀況下，妳還要在我的傷口上灑鹽？拜託妳，真美……收回妳剛才說的話吧，就說那些話全是開玩笑的、全是唬我的……

突然「啪」的一聲，伸明耳邊傳來打巴掌的聲音。

朝著聲音傳來的方向一看，真美摀著臉頰，智惠美站在她面前，大聲地說道：

「絕不是這樣！伸明絕對不是國王！在這段期間，伸明承受多大的壓力，真美妳知道嗎？他承受了所有的痛苦，卻只能往肚子裡吞，妳瞭解嗎？」

「妳居然敢打我！我才不管他有什麼委屈呢！」

「這種話妳也說得出口！奈美那件事絕不是妳想的那樣！因為，國王命令伸明失去最重要的東西……指的就是我啊！」

智惠美真的生氣了，她怒罵的聲音，漸漸轉為哽咽。

平常溫柔又沉著的智惠美，在此時個性有了一百八十度的轉變。伸明還是第一次看到這樣的智惠美。雖然她偶爾也會對他生氣，但是無論表情、聲音、氣氛，都和現在不一樣。

「……哭聲？」

伸明趕緊抱住智惠美的頭，用手撫摸她的頭髮，這樣對她說：

「先別管我的事了……我沒事的，妳先冷靜下來。太激動不好，拜託先冷靜一下吧。」

「可是，她們居然說伸明是國王……還怪你殺死了大家……」

智惠美悔恨地用拳頭搥打伸明的胸口。

「別在意！我一點都沒事！妳看！」

他看著智惠美的眼睛，臉上露出微笑。

「智惠美肯相信我，這才是最重要的，別人說什麼，我一點也不在乎！」

智惠美說完「真的嗎？」之後，把臉埋進了伸明的胸膛。可是，她的身體卻仍舊微微顫抖著，好像吞不下這一口氣。伸明彷彿要包容智惠美的一切，再度緊緊抱著她。

「蠢斃了！你們小倆口想親熱，我才不想看呢！」

真美和香織扔下這句話之後，掉頭就走。

「最後一次提醒！絕對不可以哭出來！拜託妳們，一定要把這個忠告聽進去！」

伸明抱著智惠美，這樣對離去的兩人說道。

可是，真美和香織沒有回應，她們是否真的聽進去了，伸明也無從得知。絕對不能哭，其實是強人所難的事，伸明自己也很清楚。

終於，真美和香織越走越遠，消失在黑夜裡。

「智惠美，我們回去吧。」

「嗯……」

伸明送智惠美回家，一面走在夜路上，一面聊起了真美和香織的事。

「謝謝妳出面袒護我。我還是第一次看到智惠美這麼生氣呢。」

「我好像氣瘋了一樣，控制不住自己……感覺好丟臉喔。」

智惠美用雙手掩住發紅的雙頰。

「妳也會害羞啊！其實，我聽了很高興呢。」

「其實，我也不知道為什麼會突然變成這樣，不自覺就……」

「看來，智惠美真的生氣時，非常恐怖喔！」

「討厭啦！你怎麼可以取笑我！」

「抱歉抱歉！」

好久沒有這種想笑的心情了。聊著聊著，已經走到了智惠美的家門口。

「妳去把妳的手機拿來，我想要把今天收到的簡訊全部刪除。」

「知道了！」

智惠美走進玄關之後，伸明看到她2樓的房間亮起燈來，隨即又關燈變暗。

可是，智惠美卻遲遲沒有走出玄關。伸明心想，到底是在忙什麼要拖這麼久？這時，玄關的燈亮起，智惠美跑了出來，手上除了手機之外，還提著醫藥箱，裡面有繃帶、紗布、消毒酒精等醫療用品。

「手、腳跟額頭都靠過來！」

「啊！我都忘了自己摔傷了！」

「不會吧？好啦！先伸手。」

智惠美在伸明手臂上點上消毒酒精，貼上紗布，用繃帶捆好。手指的傷口則是貼上ＯＫ繃。

「傷口碰到酒精好痛喔……」

「忍耐一點。」

「智惠美不僅做菜很糟，就連包繃帶的手法也很笨拙。」

「嗄？人家是在為你包紮耶，不高興的話，我就把繃帶拆下來囉？」

「我是開玩笑的啦！謝謝妳！妳真的幫了我很大的忙。現在已經不痛了。」

「嘿嘿嘿～～～是嗎？」

「怎麼？為什麼露出這種奸笑？真是單純的傢伙。」

「我本來就很單純啊。」

「我知道。再來是手機的簡訊。」

伸明拿起智惠美的手機，把今天收到的簡訊都刪除了。

「我知道一直唸的話，妳會很煩，可是，之後就算收到別的簡訊，也不要看。不要和別人聯繫！不可以哭！想要哭的話，就趕緊打電話給我！懂了嗎？」

「知道了！」

這時，智惠美的手機收到了直也的來電。

「那傢伙……一直要打電話聯絡智惠美呢。我來接吧。」

伸明拿起手機。

「喂喂！總算接通啦！妳躲到哪裡去啦？」

「是我啦，我！」

「……伸、伸明？你遇見智惠美了嗎？」

「剛剛才碰到。已經沒事了。」

「是嗎，那真是太好了！」

「嗯嗯！不過我還有急事要辦，所以現在要回去了。」

「什麼事需要這麼急？多陪陪智惠美不行嗎？」

「這件事非得盡快辦好才行，而且，還需要直也的幫忙。詳情等我回去再說。」

伸明掛掉電話，把手機還給智惠美。

「那我回去囉。」

「嗯，謝謝你送我回家。」

雖然伸明心裡還是掛念著智惠美，但是，還是得趕緊回去才行。

因為，他要趕去曾經進行過國王遊戲的地點。另外，還要調查死者手機裡尚未傳送的簡訊內容。

伸明打算搭今天最早的第一班車，前往夜鳴村。至於尚未傳送的簡訊文字，則是請直也去調查。這樣應該能盡快追蹤到國王的真實身分。

回到房間後，大概是累了吧，直也早已躺在床上休息，此時已經是凌晨3點了。

「我回來啦。都這麼晚了，你一定累了吧？」

伸明一邊這麼說，一邊走到書桌旁的書架前，尋找日本地圖。他把地圖攤在桌面上，確認××縣的位置，距離這裡大約有900公里。再用網路訂票系統查詢一下換車所需的交通時間，要花10個鐘頭才會抵達。就算是坐早上的第一班車，抵達時，也已經是下午5點以後了吧。

接著，又在網路上用夜鳴村這3個字進行搜尋。

【因為夜晚會聽到野獸鳴叫，故取名為夜鳴村。】

【夜鳴村現在已經不存在了。】

到了夜裡，會聽到野獸鳴叫？拜託饒了我吧……抵達××縣時，就已經是傍晚了……

繼續搜尋，卻沒有其他資料可查。最重要的是夜鳴村的地點，在網路上根本查不到。

唯一確知的是，夜鳴村過去曾經存在過。看來，只好到了當地，再邊走邊問了。

「你在查什麼？」

「過去曾經進行過國王遊戲的地點……」

「以前有人玩過這種國王遊戲嗎？」

伸明對直也說明他所知道的線索。過去夜鳴村曾經進行過國王遊戲，那裡說不定隱藏著國王所不想讓人知道的秘密，所以他要去夜鳴村探索那個秘密。

至於這段期間，就要請直也調查那些未傳送簡訊的文字了。由於莉愛也急著想知道那些文字是什麼，所以動作一定要比莉愛更快才行。

還有，他告訴直也，警察應該會開始偵辦這一連串的死亡事件，這是他所擔心的。

「我知道這是很困難的事，你如果不想接手，我也不會怪你。」

「總該有人要去做吧？就交給我吧！不試試怎麼知道呢！」

「太好了，已經不能再猶豫下去了。況且，接下來會收到什麼樣的命令誰也不曉得。」

這時，伸明和直也的手機同時響起。

「不會吧……」

伸明靜靜閉上眼睛，深呼吸幾口氣，讓心神穩定下來。要調查未傳送簡訊的文字，首要條件是得先知道是誰受到了懲罰，所以他打開了收件匣。

【10／29星期四03：42　寄件者：國王　主旨：國王遊戲　本文：因為不服從國王的命令，處以斬首的懲罰。女生座號16號‧城川真美　END】

「……她……她看了簡訊嗎？」

真是悔恨交加的一刻。

接著，收到了真美的來電。伸明不知該不該接起電話。他對真美抱著一股罪惡感，因為他沒有盡全力阻止對方看簡訊，對此伸明相當自責。……他想要向她道歉。

「喂……」

「你現在就把我的懲罰給取消！」

真美像是發瘋似地大吼大叫。不管伸明說什麼，她都聽不進去。

「我知道，你一定就是國王！因為對我惱羞成怒，所以要懲罰我……」

手機那頭，傳來鋒利刀刃切開西瓜的聲音、又硬又重的物體墜落地面的聲音、手機掉到地上的聲音、圓球物體在地上滾動的聲音、噴水一樣的聲音，以及虛脫的身體癱倒在地板上的聲音。

這些聲音都重重地打擊著心臟。

從聲音來聯想，應該是真美的頸部遭到刀刃切斷，頭部掉落到地面上，在地上滾動，接著頸部像噴泉一樣噴出鮮血，身體才轟然倒下。

聽到這裡，伸明已經知道真美受到懲罰了。可是，他還是有話想對真美說，也有些事想要詢問真美。

※

真美懷疑我是國王，這樣說雖然很傷人，但是我並不生氣。因為，真美懷疑我的理由……我能夠理解。我的存活，是建立在許多人的犧牲之上，因此，遭到懷疑是很正常的。

既然真美已經認定我是國王，不肯聽我的忠告，不肯相信我，這也是正常的。

如果，今天給真美忠告的人不是我，而是直也……一想到這裡，伸明就覺得悔恨不已。

剛才，一心只想著要救大家，卻沒有對那些瀕臨死亡的朋友們表達任何安慰之情，只顧著詢問受到懲罰的原因，以為這樣做，就可以讓其他人免於死亡。

我做錯了嗎？我是個冷酷的人嗎？

或許這麼說有點像是在辯解，但是，時間真的不多了。

真美妳又會如何抉擇呢？會詢問同學受到懲罰的原因？還是會選擇安慰即將死去的朋友？如果能夠調查出受罰的原因，讓更多同學能夠免於受罰的話，妳會怎麼做呢？

我不知道究竟怎麼做才是最正確的。雖然死別在即，但我們畢竟是好朋友，而且還常常在教室裡吵架、聊天、嬉鬧。所以我真的希望妳能夠理解，我絕不可能懲罰真美，殺死真美。就算我是國王，也不可能這麼做。因為，我們是好朋友啊。

為什麼國王要一個又一個地殺死我的朋友呢？目的是什麼？

抱歉，直到最後仍舊在問妳問題，因為我好想要知道答案。真美，好好安息吧。

※

最後，伸明再一次在內心裡深深地道歉：「對不起，都是我造成的。」然後，掛上了另一頭沒人聽的電話。

伸明確認了他之前和莉愛談話時，手機收到的簡訊。受到懲罰的人是義文。

「硬是要你不准哭，也太強人所難了……義文。」

截至目前為止，班上的死亡人數，是32名同學中的21人。就在10天之前，全班同學還開心地過著學校生活；10天前，大家都還玩在一起，如今，卻只剩下11人還活著。

就算因此發瘋，也不令人訝異。可是，真美一死，莉愛所懷疑的國王人選，就只剩智惠美一人了。

伸明趕緊收拾背包，把日本地圖、手電筒塞進去，還把手頭上所有的錢都放進皮夾裡，然後把紙條寫好，交給直也。

信吾【一】利幸　里美【莉】浩文【　】祐子【　】莉愛　真希【將】陽介【　】

佳奈【莉】元基【個】明【莉】伸明　勇佑【　】千亞　明美【　】真美【　】

大輔【的】秀樹【莉】美奈子　美咲【　】直也　奈美【們】俊之　智惠美

義文【　】雅美　香織　祐輔【　】繪美【　】翔太【　】寬子【　】敬太

死去的人，名字後面加上【　】，只要把查到的字填進去就行了。【莉】就表示那是只有莉愛知道的文字。

「這麼多人……」

直也看到紙條，頹喪地低下了頭。

「嗯嗯……雖然時間還早，但是我要出發了。」

「路上小心啊。」

背上背包，拍了拍直也的背，伸明走出了房間。

夜鳴村【10月29日（星期四）凌晨4點45分】

天色還很昏暗，伸明此時已經抵達了車站。

平常車站總是人來人往，好不熱鬧。現在卻一片寂靜，只看到一個老人牽著狗出來散步。垃圾集中處有4隻烏鴉一面翻攪著垃圾，一面發出「嘎嘎」的叫聲。

自古以來，在熊野這個地方，烏鴉就被視為神的使者，而烏鴉的叫聲被當成是不祥之兆。

車站門口的鐵柵欄還是拉下來的，無法進入，伸明只好在車站旁的階梯上坐著等待。他從背包裡拿出地圖，確認地點，這時天空才漸漸明亮起來。

「喀啦喀啦喀啦」的聲音響起，鐵柵欄開啟了。

收好地圖，走進車站裡。由於是長途車票，必須去跟售票員購買。

「早安，我想去×× 縣 ××車站。」

售票員在電腦上鍵入目的地，列印機「喀噠喀噠喀噠……嘰……」地印出了車票。

「來，×× 縣 ××車站的車票。你要去那麼遠啊。你還是高中生吧？今天不用上課嗎？」

伸明付錢時這麼回答：

「……學校沒有放假，可是我有重要的事要辦，所以……請假了。」

「原來如此，路上小心啊。」

「我會注意的，謝謝。」

售票員笑嘻嘻地看著他。

「要小心……是嗎……」

現在要前去的村落，是一個地圖上也沒有記載的消失村落。而且，是個曾經進行過國王遊戲的地方。

那是什麼樣的一個地方？實在難以想像。為什麼整個村子消失了？難道，是因為所有的村民都消失的緣故……？

剛才還覺得沒什麼，但是，現在漸漸地感覺到，恐懼在內心裡開始萌芽。

站在月台的白線後方，聽著月台的廣播，第一班電車發出隆隆的響聲，逐漸接近。電車停了下來，「噗咻」一聲打開了門。車裡一個人也沒有，就像是他一個人包下了整輛電車一樣。

伸明在最靠近車門的雙人座位坐了下來。沒有別人的車廂，帶給人非常獨特的孤獨感。平常鬧哄哄的電車車廂，現在卻聽不到任何人說話的聲音。

車內廣播著車站名稱，車門關上，又緩緩開始移動了。

……電車究竟會把我帶到哪裡去呢？目的地究竟在哪裡呢？

為什麼我腦子裡盡是想著這些東西呢？難道我已經瘋了嗎……？

電車一邊行駛一邊搖晃著，伸明呆呆地望著車窗外的風景。

從車窗看出去的街景，迅速地向後退去。民宅從眼簾消失，又有別的民宅進入視野。大樓從眼前飄過，又有別的大樓出現。好快的速度。

現在，自己周圍的同學，也是以這樣的速度在死亡。一個人死去，另一個人隨即跟著死去，就像眼前轉個不停的景色一樣。

電車是有終點的，可是，這個國王遊戲有終點嗎？如果有的話，所謂的終點又是在哪裡呢？

伸明的腦海裡，浮現了一個疑問。

※

陽介，你並沒有懷疑我是國王嗎？

香織就懷疑我是國王。陽介和香織的感情那麼好，既然香織懷疑我是國王，那麼她不會跟陽介說嗎？你們正一起在搜尋國王的真面目，她應該會跟你說才對啊！

為什麼陽介要把夜鳴村的這個訊息告訴我？你可以告訴任何一位沒有受到懲罰的同學啊？你想把訊息留下來，應該要找最不可能是國王的人吧。

陽介，你都沒有懷疑過，我有可能是國王嗎？或者，正因為你懷疑我是國王，所以才故意告訴我這個訊息？

既然如此，目的是什麼？你有什麼安排嗎？

……我還真是個性格扭曲的傢伙。盡是想一些懷疑人性的事。

陽介在死前，賭上他一條命，也要把夜鳴村的訊息告訴我，而且，在他死前，還拜託我要好好保護香織。

我居然還懷疑陽介的人格，真是差勁。

這是智惠美教導我的。

要懷疑別人很簡單，要相信別人卻很困難。抱歉，我不該懷疑你的，陽介。陽介一定是相信我有能力終結國王遊戲，才把後事遺願交託給我。我相信一定是這樣。

※

伸明平靜地拿出手機，閱讀國王之前傳來的那些簡訊。

「陽介……真美……義文……大家……」

手機的液晶螢幕被指紋的油垢弄髒了，他用袖子擦拭乾淨。

「國王的簡訊……到底有幾則啊？」

這時，設定為無聲模式的手機發出了震動，螢幕上顯示有人來電。

【來電：媽媽】

發現我不在家裡，媽一定很生氣吧……早知道，就該寫個紙條什麼的給她才對。現在都已經坐上電車了……抱歉。就算現在要我馬上回家，我也不可能回頭了。請原諒我的任性吧。

伸明沒有接起電話。

車廂內響起廣播聲：「下一站是下田車站，要轉搭新幹線的旅客，請在本站換車……」伸明到了下田車站，馬上趕往新幹線的月台。

又有人來電了，這次是直也。

「怎麼了？我現在正要轉搭新幹線呢。發生什麼事了嗎？」

直也的聲音聽來非常慌張。

「早上學校打電話到家裡來，說要學生待在家裡，禁止外出，也禁止到學校去。」

「關閉學校嗎？不過，這樣也好。這麼一來，同學之間就不會見到面了。」

「也對。還有，警察到每個人家裡去詢問事情經過。剛剛才來過我家。」

「……警察……他們問些什麼？」

「就是昨天晚上在哪裡做什麼之類的。還有，也問了國王遊戲的事。他們知道得很詳細，應該是有同學跟警方說明過了吧。喂，警方會不會懷疑我們班上有殺人嫌犯啊？」

「……應該不會。因為很多人都是死因不明。再說，在很短的時間內，突然死了這麼多人，有什麼兇手可以這麼厲害？警方可不是笨蛋啊！」

一切都如同莉愛的預測。面對這些死因難解的案件，警方究竟會如何應對呢？

看看時刻表，已經到了新幹線出發的時間。伸明趕緊跑到車廂，找到位子坐下。由於從昨天起，就一直沒有睡覺，所以伸明打算利用行駛到××縣的這段時間，給自己補眠一下。

經過了8個鐘頭，終於抵達了目的地××縣××市。首先，是到市公所去。市公所應該能查到夜鳴村的地點。

果然，一如預料，市公所就快要關門下班了。不過，總算是在職員離開前，問到了夜鳴村的消息。

【夜鳴村……位於矢倉山山麓，是過去曾經存在的村落。要前往夜鳴村，必須先越過矢倉山隘，在矢倉山隘走上山中小徑，才能抵達夜鳴村。那是一個被孤立在深山裡的村落。在距今

32年前，夜鳴村從地圖上消失了。消失的原因不詳，也沒有留下記錄。】

村子在32年前就消失了……想當然爾，那是手機還沒有發明的年代。這是怎麼回事？

轉搭電車和巴士之後，終於到達矢倉山隘的入口。可是，該怎麼樣才能越過山隘呢？巴士開到這裡就折返了，考慮到回家的電車車票錢，可不能攔計程車上山。可是，要靠自己的腳力爬上山，卻又太勉強了。

伸明只好站在山隘的入口處，找尋搭便車的機會，希望能遇上對當地路徑很熟悉的卡車司機。

10分鐘後，一輛卡車停了下來。司機說他知道通往夜鳴村的山路在哪裡，於是伸明便拜託卡車司機載他一程。

「好吧，我就載你去吧。」

「謝謝你！真是感激不盡。」

伸明坐上了卡車的副駕駛座。

「小弟，你去那裡要做什麼啊？」

「我有點事情……」

「有點事……？那裡是連本地居民都不太熟悉的地方呢，沒人敢靠近那裡喔。」

「是嗎……」

「因為，經過的時候總覺得很恐怖啊。」

40分鐘後，卡車閃著方向燈，停在路旁。

「看到沒有?山路就在那邊。我只能載你到這裡，接下來你自己要小心囉。」
「真的非常感謝。」
找到了，是通往夜鳴村的山路。過去曾經進行過國王遊戲的地點。
伸明以夜鳴村為目標，走上山路小徑。此時，已經是晚上7點30分了。
山路的路口，擋著一塊巨大的水泥路障，就像一堵巨大的牆壁，阻絕外來入侵者，告訴外來客別再往前走了。
原本應該是白色的水泥路障，經過長年的風雨侵蝕，已經變成了黑色，上面還覆蓋著苔蘚。路障旁邊，有個只能容許一人側身穿越的窄縫，伸明從窄縫擠到裡頭去。
另一邊的路，像是完全不同的一個世界。他感受到詭異的氣氛，也感受到身軀沉重，好像自己背負著很重的東西似的。
全身都汗毛直豎，背脊也傳來陣陣寒意。
這是怎麼回事?也不過才前進幾公尺而已啊。
周遭一片黑暗，而且什麼聲音都沒有。沒有剛才聽到的引擎聲，沒有鳥叫聲，也沒有蟲鳴聲，轉眼間，什麼聲音都消失了。
唯一能聽到的，只有自己心臟的鼓動，還有山風吹動樹葉的沙沙聲。
他緊張地邁開腳步。
路……很正常，是一條鋪著柏油、寬度大約4公尺，能夠容納一輛汽車通過的小路。可是，山壁的碎石崩落到路面上，周圍生長的灌木也覆蓋住路面，柏油到處都是裂痕，雜草從裂痕中長出。

現在這條路，只剩中央能夠讓一個人通行了。或許以前可以開車進來吧，但現在絕對不可能。

就連雜草、樹木都像是在排拒著外來的入侵者一樣。

伸明朝著這未知的世界踏出第一步。

走了一陣子，看到了像是彎道的反射鏡，原本應該也是給開車的人看的，可是鏡面已經拆除，只留下一根鐵柱豎在那裡。每轉過一個彎，都有一根反射鏡立在彎道口，但是同樣的，鏡面都被拆除了。

時間越來越晚，周遭也越來越黑暗。伸明感覺到，繼續往前走就像是會被這黑暗給吸進去一樣。這樣走了大約2小時，總算在前方看到了幾戶民宅。

1間……2間……3間……。

這樣的深山裡，居然有民宅？當伸明看到房舍時，天色已經昏暗到什麼都看不清了。

伸明拿出背包裡的手電筒，眼睛能看到的範圍，只有手電筒能夠照亮的範圍。

即使從遠方看，也知道那3戶民宅已經很久沒有人住了。他照亮那3戶民家，惶恐地往前靠近。

民宅就像是古老的農家一樣，有著以夯土打造的牆壁，還有用茅草架起的屋頂。

窗框上早已經沒有玻璃，牆壁和屋頂都破破爛爛的，腐朽不堪。朝牆壁踢一腳，砂石便嘩啦啦地掉下來。伸明透過沒有玻璃的窗框，朝房屋裡頭窺探。

是廚房嗎？有水龍頭、流理台、餐具櫥櫃。櫥櫃裡有一半的碗盤整齊地疊放著，但是另一半的餐具卻都被打碎了。

把燈光指向地板，地上散落著殘破的碗盤碎片。餐具碎片附近，還扔著鐮刀和鋤頭，看來這裡真的是農家。忽然，黑暗中發出一道閃光。

朝那發出閃光的地方看去，原來是菜刀反射的光芒。

剛才什麼聲音都聽不到，可是現在風勢卻突然變強，掃得樹木發出嘩啦嘩啦的聲響。伸明用手電筒照照周圍。

接著，伸明繼續往山村裡走，又看到了好幾戶民宅。每一間都一樣，都是好幾十年沒人居住的破落房舍。

4間……5間……6間……7間……。

其中有一棟房屋看起來比其他民宅都來得大，應該是村子的集會場所吧。伸明趕緊走上前去。

這棟集會所是水泥建造的，有兩層樓。一樓的入口有拉門，牆上則是爬著藤蔓。白色的牆壁有煙燻的痕跡。這棟建築物顯然和之前那些農家不同。

先用燈光照亮入口，伸明發現，拉門的門把被人用鐵絲緊緊纏住，沒辦法拉開。是要避免他人侵入嗎？伸明看看四周，發現了一個能夠容許一人鑽過的窗口。

「只好這樣了……」

伸明撿起石頭，朝窗戶扔去，喀鏘一聲，玻璃發出巨大的碎裂響聲。伸明又拿石頭把窗框邊的玻璃敲掉，才爬進房子裡。

一股猛烈的腥臭味傳來……他忍不住掩住鼻子。

是木材腐爛的臭味、發霉的臭味、皮膚燒焦的臭味、以及生肉腐敗的臭味。總之，就是東西爛掉的臭味。

這許多種臭味混合在一起，刺激著他的鼻子，讓伸明感到想吐，實在很噁心。

室內濕度很高，讓伸明覺得全身黏答答的，全身都在冒汗，不過也可能是在冒冷汗。

他把掌心滲出的汗水抹在衣服上，又用手抹掉脖子的汗水。就只有嘴巴裡乾乾的缺乏水分，他用舌頭舔舔乾燥的嘴唇。

心臟的跳動更加劇烈，彷彿全身都跟著震動一般。

周圍是完全的黑暗。全身的感官之中，視覺和聽覺都不管用了，皮膚感覺到一陣陣壓力。只有嗅覺完全正常運作，令他相當痛苦。若要形容現在的感覺，應該說就像是在海裡，閉著眼睛、塞住耳朵、全身都承受著水壓，彷彿要把身體壓扁一樣。

如果說，體認危機的第六感真的存在的話，現在一定是在告訴他，別再往裡頭走了。

伸明搖搖頭，讓自己清醒一點，並且用手電筒照亮室內。

這是宴會廳嗎？屋子中央排列著三個縱長形的矮桌。

地板上鋪著已經腐朽的榻榻米，原本架在窗框上緣的窗簾，已經被扯裂了。

32年前……這裡究竟發生過什麼事？這個村子在這32年間，都是這樣排拒外人進入，所以不再有人前來造訪嗎？

每往前走一步，腳踩的榻榻米就往下一沉。

耳朵聽到滴答……滴答……的規律水滴聲。是水龍頭嗎？還是哪裡漏水了？

2步……3步……4步……5步……伸明繼續往裡頭走。往四周看看，這間宴會廳後頭還有3間房間，以及通往樓上的階梯。

得要趕緊找到線索才行。伸明走向最靠近自己的那間房間。

先朝第一間房間望一眼，用燈光照一照。這間房間大約2～3坪大，當燈光照到牆壁時，他看到房間的牆壁被染成了紅黑色。

是血嗎？如果真的是血，那可不是普通的量啊。到底是噴出了多少的血，才能把牆面噴成這樣呢？

屋裡充滿了腥味……是這些血的味道嗎？榻榻米上，也留著好多血痕。

那些血痕圍繞出一個倒地的人形，彷彿曾經有個人身體折曲成「く」字形倒在榻榻米上，而且頸部被砍斷，才留下了這些血痕。

是誰在這裡遭到懲罰了嗎？

真是殘酷……一定很恐懼吧……一定很痛苦吧……一定很難忍受吧……。大量噴出的血，散發出血腥味，讓人在腦海中清晰描繪出這裡發生的慘劇。

「血……人形……斬首……」

這回伸明不再感覺到想要吐了，而是直接吐了出來。他趕緊摀住嘴巴，遠離這個房間。

「還有……其他的……線索嗎？……還有……其他的線索嗎？」

他拖著踉蹌的腳步，搖搖晃晃地走向其他房間。這時，他發現自己已經凌駕在精神力之上，躲藏在自己體內的那股力量，操弄著他的精神活動，將他的靈魂敲得粉碎。那股力量為了某個目的而不停地活動，讓人能夠達到無我的境界。

或者，說得簡單一點，自己已經瘋了？

伸明被另一間房間所吸引，走了進去。那裡有木製的桌子、木製的椅子、木製的書櫃，書櫃上放著許多書籍。

走近書櫃後，伸明把裡頭的書一本一本翻出來看。

「不對、也不是這個！沒有一本書提到國王遊戲嗎！」

他翻過一本又一本，確認內容毫無幫助後，就順手扔在地上。

「不對、不對！至少該有1個人，會把國王遊戲的事給記錄下來吧！」

書櫃上的書，全都被他翻遍了。

「沒有！這裡根本什麼線索都沒有！」

地上散落著滿地的書，他隨手撿起一本，想要把裡頭的書頁給撕破。

對了……如果是用筆記本寫下來的話，就會放在書桌裡。伸明跑向書桌，拉開最上層的抽屜。

裡面放著鉛筆、原子筆、印泥、印章這些小東西。

不對！我才不是來找這些東西的！他把抽屜拉出來，將抽屜內的東西倒在地上。

接著，拉開中段的抽屜，裡頭空空如也。

最後，拉開最下方的抽屜，裡面放著大約10本筆記本。他把所有的筆記本都拿出來，一本一本翻閱著。

筆記本大多記載著村裡的年節大事，還有村民名冊、農作物收穫量……其中有一本，在封面上寫著【關於怪異事件的記錄】，伸明慌張地翻開來閱讀。

【概要】

1977年8月20日22點53分記錄。

我的生命，因為無視於命令，再過1個小時就要終結了吧。但是我絕對不服從這樣的命令。所以，我決定結束自己的生命。最後，為了後世的人們，我要把這怪異事件的概要寫下來。

1977年8月8日，寄來了一封沒有註明寄件人的黑色信封，打開信封確認內容，裡面只放了一張紙，寫著某種命令。凡是沒有服從命令的人，都一個接著一個離奇死亡。

一切都從這裡開始。

8月9日，最初的犧牲者，神田大輝、梅田靜世，上吊死亡。

8月10日，齋藤高志、武田幸子、富長美智子，早上發現死在自宅，身體已經被分屍肢解。

我們趕緊通報警方，向警察說明一切。告訴警察，這死去的5人，是因為沒有服從信封內的命令，才會離奇死去。

可是，警方完全不採信這樣的說法。警方認定，這是連續殺人犯所犯下的案件。警方要求村民盡快離開此處避難，並且說，警方一定會盡快找到兇手。

原本是個和平的村子，都是和藹可親的村民，現在卻變成了地獄。

近藤雄一和近藤美千代打算離開村子，結果卻一樣，遭到懲罰而死亡。這真是一場惡夢。

而且，那些死去的人，身旁都會留下一個文字。但是文字代表著什麼意義，卻沒有人能解釋。

警察考慮到事件的嚴重性，將全村管制包圍起來。可是，就在警察面前，工藤妙卻突然心臟麻痺死亡。之後，中村久子的頸部也被砍斷。明明沒有人下手啊。

可是就在大家面前，她發出慘叫聲後，頭部就瞬間落地了。

從這一刻起，警方也改變了態度，認為連續殺人犯不可能辦到這種事。這時，又收到了「做出遊戲中不必要的行為者」的命令，這道命令，導致村民接連死亡。

不知為什麼而死去，這樣的狀況一直持續著，無法遏止。

這道命令之後，活著的村民只剩下我、三上文子、丸岡修平，以及平野道子4個人。

現在，我的生命也只剩下不到20分鐘了。

我的死期已經開始倒數。我好害怕……我害怕死亡，正在書寫中的手，也不斷地顫抖。

可是，我絕不服從這道命令，因為我絕對不要殺人。所以我把剩下的時間用來記錄這起事件，傳達給後世。

有許多警察和學者為了解決這個事件，來到我們村子訪查。這些學者的見解，將記錄在下一頁。

這時，伸明注意到村民的姓氏。這是偶然嗎？他非常好奇地想要翻到下一頁，但是身後卻傳來腳步聲……。

剛要轉頭看的時候，後腦杓已經遭到硬物毆打。

「嗚…………是誰……」

他摀著被打的地方，結果又是一記重擊。伸明就這樣失去了意識。還沒有聽到對方說了些什麼，伸明就這樣倒在地板上不動了……。

當伸明重新甦醒過來時，已經不知道過了多久的時間。

「好痛……」

他想伸手觸摸被重擊的頭部，可是雙手卻動不了。

「嗄……？」

他的雙手被反綁在背後，身體也被繩索纏住，動彈不得。

「可惡……究竟是誰幹的！」

他踢著腳，這樣大喊著，卻沒有人回答。

難道！我會被人綁著，放在這裡自生自滅？被扔在這個不可能有人前來的地方？

環顧四周，半個人影都沒有。伸明踢著腳，同時用最大的音量大喊：

「救命啊——！」

可是，他只能聽到回音。

對了，用手機！手機照理說應該放在褲袋裡，可是，卻感覺不到手機。手機不見了……。

究竟是誰打昏了自己？還把我綁在這裡？知道這個地方的人，只有……直也、香織、以及國王。

這時他想起來了，筆記本上寫著，生還的村民中，有一人名叫【丸岡修平】，丸岡這個姓氏，不就是跟香織一樣的姓氏嗎？

……這是怎麼回事！

陽介，請你告訴我真相吧！為什麼你要把夜鳴村這個地點告訴我！

陽介一定是信任我，才會告訴我這個線索吧！

因為，你在臨死之際，還在拜託我，要我保護香織，對不對！

伸明的內心充滿困惑，想要相信的意念，和懷疑的心情糾葛在一起，他想要知道答案。

不捨、難過、害怕。還有獨自一個人在這裡的孤獨感。

為什麼人不能有這些再正常不過的感受呢……

「智惠美……直也……救我……」

說完這句話，伸明就像睡著似的，又閉上了眼睛。

沉靜了好一陣子，不知過了多久。

「你總算醒來啦。」

聽到了人的聲音。伸明抬起頭來，看到一雙腳。慢慢把視線移高，原來是香織站在他面前。

「是妳把我打昏的嗎？」

「是啊！」

「我實在不願相信香織妳會這麼做。」

「現在說這些有什麼用！伸明，你就是國王對吧？是你把陽介、真美、班上同學殺死的，對吧！」

香織以雙手掐住伸明的喉嚨，用憎恨的語氣質問道。

「原來我中計了……快放手……我不能呼吸了……」

「你總算懂啦！沒錯，你中計了！是我和陽介決定的，我們要把你引誘到沒有人煙的夜鳴村，把你給殺了！快點說出真相吧！」

「我……沒辦法說話……妳先把手放開！」

他用渾身的力量大喊，香織倒退了2、3步，放開了手。好不容易終於能夠呼吸的伸明，喘了好幾口氣。

「……妳先聽我把話說完吧。如果真是如此，那麼，陽介的演技還真不是蓋的。」

「演技？」

「陽介在臨死前，跟我說了什麼，妳知道嗎？」

「就是告訴你夜鳴村這個地點，要你去解謎，對吧？」

「沒錯，他的確是這麼說的。可是，當時他是為了阻止我去死，才跟我說這些的。」

「你在騙我！因為陽介明明跟我說『要殺了伸明』。」

「我沒有騙妳。就在他死前，他還跟我說『香織拜託你了』，他是流著淚這樣拜託我的！」

「陽介怎麼可能拜託你這種事！騙人！騙人！」

「他是說完『我喜歡香織』之後才死的。如果我是他想要殺掉的敵人，他會跟我說這些嗎？他是為了把我引入陷阱，才說這些話的嗎？陽介已經死了，我當然無法證明……可是，在我看來，是香織妳認定我是國王，他因為喜歡妳，所以才會附和妳說的話吧？照這樣說來，一開始說要把我引誘出來殺掉的人，是香織才對，陽介只是附和而已吧？」

「是……是我說的沒錯。」

「果然如此……。『香織拜託你了』的意思，是要我阻止香織，不要讓妳殺人，還有，不要讓妳在國王遊戲中喪命，這是他話裡的意思。因為，香織一旦殺了我，就會被警察逮捕了。」

「既然他這麼想，為什麼不跟你在電話裡明說呢？」

「他能說什麼？說他喜歡的人，想要殺我嗎？這種話很難說出口吧。」

陽介說過，他打了好幾通電話給香織，一方面是擔心她，另一方面則是希望在自己死去之前，勸阻香織「絕對不可以殺人」，這是他最後的遺願。

「如果我想的沒錯，陽介根本不想要妳做出殺人的行為。因為他不認為我是國王。假使他認定我是國王的話，一開始就不會阻止我去尋死了。」

「我……我一直認為伸明就是國王……」

「我只是要把我的想法告訴妳而已。香織妳想怎樣就隨便妳吧。不過，妳先想想殺人是什麼滋味。之前死了這麼多好朋友，我的心裡真的很懊悔、很難過。所以妳千萬不要鑄下大錯啊。」

香織的表情扭曲起來。

「我、我該怎麼辦才好？陽介，你告訴我……快告訴我啊，大傻瓜……」

香織拿出學生手冊，望著手冊。伸明用溫和的語氣問她：

「妳在看什麼？」

「全班同學的……合照。」

「能讓我看看嗎？」

香織把照片從手冊裡拿出來，拎在伸明的眼前。

那是球類運動會結束後，全班同學集合起來拍的照片。她把這張照片縮小列印之後，夾在學生手冊裡。班上同學都穿著體育服裝，男生舉著球棒和手套嘻笑著，女生則是用手比出V字，擺出性感姿態。

直也被推倒在地上，伸明和秀樹伸出腳踢他，一旁的智惠美趕緊過來阻止。陽介和香織則是在照片的邊緣，兩人站在一起，露出開心的笑容。

「這張照片，是兩個月前拍的吧？我也有一張。雖然球賽輸得很慘，但是，大家臉上的表情，真的好燦爛！」

「兩個月前……那時候好開心啊。陽介也在、真美也在、大家都在！可是……現在卻……」

真想要回到過去。
「香織妳真厲害。連我一個大男生，來到這裡都不免感到害怕，妳一個女生居然敢來。妳不怕嗎？」
「我當然很害怕……可是……可是……」
香織的肩膀抖動起來。
「不用多說了，我能體會妳的感受。妳一定很勉強自己吧！因為一心只想要殺了我吧！」
「嗯嗯……我……最後再問你一次！伸明，你真的不是國王嗎？」
「不是我！雖然現在我無法證明，但是請妳相信我，我們一同找出真正的國王吧！」
「……我明白了。」
香織雖然有些躊躇，但還是靠近伸明。她臉上的恐懼表情消失了，變得和善許多。
「得要幫你解開繩索才行。」
「太好了，謝謝妳！」
「說『謝謝妳』很奇怪吧？因為之前是我把你綁起來的。」
伸明笑了出來。他的心情平復了，剛才那些恐懼、緊張、迷惘、寂寞都一掃而空。香織繞到伸明的背後，準備把牢牢繫緊的繩結給解開。
「能夠笑得出來真好，香織！……妳怎麼了？」
「沒事……嗯，這樣真好。」
「嗯？妳的聲音怎麼變小了？」

「我馬上就……幫你……解開……」
「不必心急！慢慢解開就好。」
突然間，伸明背後那裡傳來了兩人的手機簡訊鈴聲。
「……同時……收到簡訊？」
「我要快點……幫你解開……」
「嗄……？是收到了午夜0點的國王命令嗎？還是……有誰要受懲罰了？」
「我要盡快解開！」
「喂！香織……現在幾點鐘？……難道說，妳哭了嗎？我在問妳啊，妳有沒有哭？回答我！」
伸明勉強轉過頭去，可是只能看到香織低著頭弄繩子，看不出她的表情。
「好牢啊……我綁得太緊了……嘶嘶……解不開。」
香織一面吸著鼻子，一面嘗試解開繩結。
「我才……嘶嘶……沒有哭呢……。我找不到粗的繩子，所以只好拿細的繩子來綁……」
「不要騙我！我聽到妳的聲音了。妳現在騙我又有什麼意義呢！」
伸明大聲喊道，用力地左右搖晃頭部。
「剛才……很自然地……就流出眼淚了……是因為悲傷嗎？我也不懂……只覺得突然放鬆了心情。」
「不會吧……為什麼……」

原來，是緊繃的情緒突然得到紓解，內心感到平靜安詳，眼淚就自然而然掉下來了。

「妳看了剛收到的簡訊了嗎？」

「我在專心解開繩子，沒時間看。」

「別管什麼繩子了！把簡訊給我看！還沒確定受懲罰的人是香織啊……」

「怎麼能不管繩子！我……我已經……沒剩多少時間了！……我不解開繩子的話，伸明你會一直被綁在這裡啊！我馬上就會幫你解開了。」

「妳不必管我會怎樣啦……」

「為什麼解不開呢！現在又沒時間去找剪刀什麼的……」

「香織，妳的正義感總是比別人強呢。」

所以在搜尋國王這方面，也是一樣拼命。伸明看著香織，突然想起一件事。香織很清楚，自己再過不久就會受到懲罰了。剩下的時間不多了。

「妳就一面解開繩索，一面跟我聊天吧。對了，上次棒球賽，陽介有打出安打吧？」

「現在怎麼突然提這個？他只有打出1支安打啦。」

「那傢伙也只能擊出1支安打吧？難怪會輸球。嗯？不對！應該說全體隊員都要負責。」

「……我們當然希望能夠打贏啊。女生也在場邊加油，可是你們男生太丟臉了。」

「的確，女生都拼命地加油呢！謝謝妳們。雖然最後結果還是慘敗。」

「真是差勁透了！」

「說差勁太過分了吧？我們球場上的人也很努力耶。」

「再怎麼努力，到頭來還不是一樣輸了。」

「好嚴厲啊！不過，那天真是開心！還有什麼事？咦？應該有很多好玩的事可以講啊，為什麼現在偏偏想不起來？」

他想用說話來轉移香織的注意力，讓香織心情平靜下來，可是，不管他怎麼想，都想不出該說些什麼才好。

……我真是沒用。就連安慰同學都辦不到嗎！我變成香織的累贅了嗎！

「對了，陽介真的有說他喜歡我嗎？」

「他有說啊！絕對有說！他說他最喜歡香織了！他最愛香織了！」

「陽介才不會用這種口氣說話呢！」

「對啊！不過我說的是真的，陽介說他喜歡香織！說是單相思！這是真的。」

香織一面流淚，一面笑著。伸明也笑了起來，眼淚和笑聲混雜在一起。

「我好高興……伸明，對不起……我來不及……謝……謝……你……」

「對不起？還有，妳幹嘛跟我道謝！」

香織沒有回答。

「該道謝的，應該是得到妳幫助的我才對吧！」

還是沒有回答。

「為什麼要跟我道謝？」

沒有回答……。

「妳還想問些什麼事？我都可以回答妳！」

沒有回答……。

「繩子妳慢慢解開就好！反正……時間還很多。」

沒有回答……。

「不要不理我啊！香織！喂！妳怎麼了，香織？」

沒有回答……。

「快回答我啊！」

她的最後一句話是「謝謝你」，聽起來非常溫柔。

香織無力地倒在伸明的背上。伸明從背部感受到香織的體溫。微微的體溫。

他想把身子撐起，想要轉過身去，可是卻動不了。

「抱歉……我還是沒能救妳……」

伸明緩緩低下頭，閉上了眼睛。香織就像是靠在伸明背後，拿他的背當枕頭一樣，陷入了永遠的沉眠。

他回頭看，卻看不見香織的臉，只能看到她的肩膀和背部。

「怎麼……會這樣呢？抱歉……讓妳靠在我這沒用的傢伙背上離開人世。我卻沒能在妳生命的最後一刻，說幾句可以安慰妳的話。」

這時，收到簡訊的鈴聲再度響起。

「又有誰……要犧牲了嗎？」

伸明的雙眼溢出斗大的淚珠，滿溢的眼淚，把自己的褲子給浸濕了。

「居然撐到現在才哭啊……我就說嘛，不准哭這樣的命令，根本是辦不到的。根本忍不住啊。」

……眼淚無法遏止。我將死在這裡，陪伴著香織的遺體，等待別人前來。真的好寂寞啊。直也，你知道我要來這裡對吧。我沒有回去，你一定會擔心，到時候就會來找我了，對吧。

我的性命還剩下幾分鐘呢？媽……對不起。我是個任性的孩子，還常常叫妳「老太婆」，其實我最愛妳了。

直也……其餘的事就交給你了，拜託你了。

智惠美……抱歉，我好想聽聽妳的聲音啊。我好希望再聽妳用可愛的聲音，叫我「伸明」。可惜，沒機會……再一次跟妳告白了。

還有，我知道這麼說很任性，可是我好希望智惠美能拿手帕來，擦掉我臉上的眼淚，我沒辦法自己擦掉。這眼淚還真是煩人呢。

為什麼心情這麼平靜？平靜得出奇，真是不可思議……。

「GAME OVER！」

手機鈴聲再一次響起，又是簡訊的通知。

……拜託……不要又再引發連鎖反應了……這不是我和香織的錯啊……忍著不哭真的很難受啊。

伸明用盡全身力量，深深吸氣，然後大聲吼叫道：

「我恨死你這傢伙了！啊啊啊啊啊！」

憎恨！憎恨！憎恨！

他將銳利的視線集中凝視一點，那是彷彿能夠摧毀一切的視線。伸明深呼吸著，用力踢開周遭的書籍。

……我的朋友們……我就要死在這裡了。

他閉上眼睛，心裡有了覺悟。既然要死，就給我一個痛快吧，不要拖拖拉拉的。

……就在此時，有說話聲打破了房間內的寂靜。

「在你死前，把你知道的那幾個字告訴我吧。」

一睜開眼睛，就看到莉愛站在房門口。

「為什麼妳……會在這裡！」

「我跟蹤過來的。你這傢伙，腦筋真是太單純了。為什麼我要叫你早點出發？為什麼我要說，警方和學校很快就會有動作？你猜不透嗎？」

「……難道我跟妳提到『我要搭第一班車』？」

「我只是去問車站售票員『我是剛才那個男孩子的女朋友，請問他買的是到哪裡的車票？』他就很親切地告訴我了。到了市公所也是，我只是隨口問問『那個人剛才在問什麼？』他們就把地點告訴我了。」

「打從一開始，妳就計畫要跟蹤我，所以才要我趕緊出發。」

「快告訴我你知道的那幾個字！對你來說已經不重要了吧。現在時間已經不夠了，告訴我，我來找出國王。」
「找到國王又怎樣？」
「我會代替你，向國王復仇，給他懲罰。你的時間已經不多了。」
「我才信不過妳呢！」
他把腳邊的書踢向莉愛。
「你的身後是誰？」
「是香織。拜託妳，把香織的遺體放平吧！她這樣太可憐了！」
莉愛走進房間裡，撫摸著靠在伸明背上的香織的臉龐。
「好可憐啊。」
「妳把她身體放平吧。」
莉愛露出微笑，瞪著伸明。
「你告訴我你知道的那幾個字，我就把她安置好。我還會叫人來收屍，不然的話，你們會一直曝屍在這裡呢。」
莉愛的微笑轉為冷笑。
「妳這……邪惡的……傢伙……」
「快點告訴我吧。」
伸明小聲地說了幾個字。

「我聽不見。」

「……………喝！」

「你故意的？」

「沒錯！」

伸明故意等莉愛靠近自己，把頭貼近他的嘴邊，這時突然用盡全身力氣賞了她一記頭錘。這是內心充滿憎恨的他，所做的最後的頑抗。本來想好好揍她一頓的，可是身體動不了。雖然，用腳踢她也行，但是，伸明就是想要瞄準她的臉。

莉愛踉蹌地向後倒下，一屁股跌坐在地板上，摸著自己的臉，說道：

「這是最後的頑抗？」

「沒錯！要我告訴妳，妳得先把香織給放平。」

莉愛抱起香織的身體，把她平放在伸明旁邊。這是香織死後，伸明第一次看到香織的臉龐，還有她無力的身軀。

剛才那個香織已經不在了。跟他一起聊天、說笑、生氣的香織，已經動也不動了。

又一股悲傷襲來，眼淚不由得奪眶而出。

「我把她放好了，快點告訴我！」

「是【們、的、一、將、個】！快去叫人來！」

「我會遵守約定的。」

抬起頭一看，莉愛正看著周遭。

「妳在看什麼？」
莉愛走到桌子前，拿起一本筆記本讀出聲來。
「關於怪異事件的記錄？」
莉愛喃喃說道。伸明低下頭，用和之前完全不同的語氣說：
「跟妳說實話吧，我因為某種緣故，還沒有全部看完。而且，應該還沒看到最重要的部分。」
「因為你看到一半，就被香織綁起來了，對吧？真是個蠢蛋。」
「拜託妳，把這個筆記本交給直也。現在只有妳可以辦到了。」
莉愛沒有回答。臨死之前，居然要拜託這種傢伙，實在是令人悔恨不堪。可是，除此之外也別無他法……。
「莉愛，拜託妳……完成我這個最後的心願吧。」
「你只有在拜託我的時候，才會叫我莉愛嗎？」
「……對不起，我不是故意要仇視妳的。」
「生還者是丸岡、平野，還有奈津子3人。丸岡……香織。平野……奈美。這是偶然嗎？」
突然想起，奈美的姓氏是平野，而香織的姓氏是丸岡。剛才注意力都放在香織的姓氏，卻沒想到奈美的姓氏「平野」也有關聯。可是，奈美和香織都死了。奈美死在海中……香織……則是躺在身旁。但是這絕對沒有相關，絕對是偶然。
突然間，頭部像是遭到沖床機器左右夾住，越夾越緊似的。伸明感覺到，這股夾緊的力道徐徐增強。力道逐漸升高，痛苦也逐漸增加。他的雙耳發出耳鳴，顱骨像是遭到外力壓榨一般，弄得他下巴都快要脫落了。

痛楚緩緩地增強，再這樣下去，頭一定會被擠爆吧？就像用手捏爛一個蕃茄那樣。蕃茄的果肉和果汁會發出啾啾的聲音，從手指的縫隙間溢流出來。

果肉，就是被顱骨所包裹的灰白色腦漿。果汁，則是在體內循環的赤紅色血液。

被手捏爛的蕃茄，在鬆開手之後，會沾得滿手都是，看不出原貌，果肉和果汁混合在一起，手掌攤平時，就會向下滴落。

或者，頭部會像氣球一樣爆開，發出爆裂的響聲，血肉朝四處飛散噴濺？

不管是哪一種結果，頭都會從此消失。

「……把筆記拿給直也……拿給他看……」

「我才不要。」

「……告訴智惠美……和直也。要他們……互相扶持……」

「我會的。」

「謝啦。莉愛……妳至少應該……多愛自己一點。不然的話……人生很悲哀的。」

「用不著你多管閒事。」

「任何人都有醜惡的一面……因為人是有感情的動物……這是很正常的……只是，醜惡會顯露出多少的問題……只有累積了懊惱、苦惱等各式各樣的經驗……人才會有所成長……。希望妳……瞭解……莉愛妳一定會改變的……會改變的……我、我已經不行了！我不要讓妳看到這麼殘酷……的畫面。妳快點離開這個房間吧……」

莉愛走出房間時，丟下了一句「再見了，伸明」。

「莉愛這傢伙，居然也會叫我的名字啦……」

房間裡變得空無一人。只有身邊躺著的香織，和被綑綁的自己。他突然變得非常膽小。

「死亡還是……好可怕。救命啊……快來……救我啊……」

命令12【10月30日（星期五）午夜0點0分】

漫長的一天終於過去，命令11結束了。終於可以盡情哭泣了。

「這、怎麼可能……伸明、伸明……要接受懲罰……只差2分鐘……2分鐘……」

直也趴在床上哭喊。他暗自禱告還有機會可以和伸明說話，於是按下撥號鍵。

「收訊不良嗎？還是因為手機沒電了……」

直也把手機扔向牆壁，泣不成聲地嘶吼道：

「夜鳴村那裡到底發生了什麼事？為什麼不能哭……！把伸明還來！」

眼淚浸濕了被單。

他明明說會回來的。早知道，我應該跟他一起去才對……。直也低頭看著手機這麼想著。

就在這時，手機鈴聲響起。

是伸明打來的嗎？他還活著？直也拿起手機，確認螢幕上的來電顯示。

【來電：阿部利幸】

「這時候打來有什麼事！」

「還會有什麼事！直也，這次的命令怎麼辦？由誰來擲？我可不要喔。」

「要是伸明在的話就好了……」

「伸明已經死啦！現在哀悼死人有什麼用！先擔心這次的命令吧！」

「你、你居然說這種話！如果我擲的話，一定指名利幸。」

「對、對不起！我說得太過火了，原諒我。不過直也，你能擲嗎？沒辦法吧？」
「……總得要有人擲啊。」
「美奈子願意擲嗎？我想她應該不會指名我吧。」
「先讓我想一想。」
「再不快點的話，被千亞和雅美她們搶先就糟了。搞不好男生會全部死光耶。」
「就說讓我想想嘛！」
直也說完，就把手機掛斷了。
「如果由我擲的話，能救得了智惠美嗎？可是……」
他再次確認簡訊內容。

【10／30星期五00：00　寄件者：國王　主旨：國王遊戲　本文：這是你們全班同學一起進行的國王遊戲。國王的命令絕對要在24小時內達成。※不允許中途棄權。＊命令12：由班上一名同學擲骰子。擲骰子的人擲出多少數字，就指名幾位同學。擲骰子的人、還有被擲骰子的人指名的人，都必須接受懲罰。
※要是沒有人擲骰子、或是沒有指名，全班同學都要接受懲罰。
※擲完後必須在5分鐘內，按照擲出的數字，指名相同人數的同學。指名的方法，是由擲骰子的人傳簡訊給被指名的同學。指名已死的人無效　END】

利幸說得沒錯。如果是由討厭男生的千亞和雅美來擲骰子的話，男生很可能全都會被指名吧。

自己來擲的話，雖然這樣會犧牲自己，但至少可以保護自己想保護的人。可是，擲出多少數字，就必須指名相同數字的人，意思就是要殺死多少位同學。如果擲出6……就得殺死6位同學……。

「告訴我，我該怎麼辦？伸明，為什麼你會死呢！」

我必須保護智惠美。

「換作是伸明，你會怎麼做呢？會為了保護智惠美而擲骰子嗎？」

如果由敬太來擲的話就好了……可是，那樣敬太也會死掉。這個想法太自私了，實在難以接受。

該不會有人指名我吧？好歹我也跟班上同學打成一片。擲骰子的人，應該會指名那些自己漠不關心、或是自己討厭的人吧。但是，就算自己不想擲，要是被別人指名的話，同樣要接受懲罰而死。與其這樣，還不如自己來擲，至少可以保護自己想保護的人……。

如此蠱惑人心、引誘人們走上邪惡之路，真是惡魔的行徑。

「利幸，快點睡了。」

「別煩我！死老太婆。」

利幸在自己的房間裡，一面看著班上同學的名冊，一面在A4的紙張上面做筆記。

直也……剛才講手機時，態度怪怪的。

俊之……我們是好朋友，他絕對不會選我的。第二候補。
敬太……天真又白痴。他跟直也、智惠美是死黨，應該不會指名他們。反正他笨笨的，很好利用。
莉愛……不知道心裡在想什麼。先不考慮。
千亞……第1號危險人物。對我而言是一大威脅。因為她很討厭我。
美奈子……第一候補。
智惠美……對她施壓的話，應該會乖乖聽話。她正在為伸明的死而傷心，我可以好好利用這一點。
雅美……第2號危險人物。
大概是太過興奮、造成血管膨脹的緣故，利幸照鏡子時，發現自己的臉和皮膚變得紅通通的，眼睛也佈滿血絲，看起來就像披著人皮的魔鬼。
「無論如何我都要活下去！即使不擇手段！」
利幸高聲地笑了起來。

「……還要幾分？還要幾秒？快點結束吧。」
伸明的身體劇烈地掙扎扭動，和他綁在一起的矮桌也喀答喀答地搖晃著。
「喂——！快殺了我啊！」
噗喳，就像是電視機的電源被切斷的聲音，在他腦中迴盪著。力氣耗盡後，意識越來越模糊。他甩甩頭，慢慢睜開眼睛，警戒地巡視四周。

嗯？這裡是哪裡？

「好黑啊……」

伸明重新觀察周圍的環境。

「這裡是什麼地方……怎麼有種奇怪的味道，好噁心……。到底怎麼回事？為什麼我會被綁著？」

一堆疑問同時在腦海中浮現。伸明大聲吼叫著，忽然間，發現黑暗中好像有個物體。

「……香織？」

他移動腳，輕輕頂了一下香織的大腿。一點反應也沒有。人與生俱來的生命感和躍動感全都消失了，他感覺不到絲毫生命的跡象。

「死……死了……？」

異臭和香織的屍體讓他感到一陣反胃，趕緊撇過頭去嘔吐。

「……這、這是怎麼回事？」

惡寒籠罩著伸明的全身。這是他第一次看到屍體。這是怎麼回事？他毫無頭緒。

「救命啊！誰來救救我！」

伸明大叫著。

「伸明，你還活著嗎？」

站在房間入口的人影這麼問。伸明定睛一看，是莉愛。

「是莉愛？救救我！這裡是哪裡？我旁邊的香織死了！怎麼會這樣呢！」

「你在說什麼……？你瘋了嗎？」

「我在說什麼？妳不是都看到了嗎？這到底是怎麼回事？快告訴我啊！」

「你知道國王遊戲嗎？」

莉愛表情凝重地問道。

「嗄？國王遊戲？我當然知道。現在提這個做什麼！」

「……那是團體旅行或是聯誼的時候玩的遊戲，是嗎？」

「要不然是什麼？」

「這是消除記憶的懲罰……你的記憶恐怕被刪除了。可是你還認得我，表示被刪除的只有最近的記憶。」

「……記憶被刪除？」

伸明受到保護，活下來了。國王故意讓班上同學以為他死了，好讓他逃過這次的命令。

因為簡訊上寫著【指名已死的人無效】，所以這次伸明不用擲骰子也能過關了。

如果伸明的記憶沒有消失的話，他很可能會自己擲骰子吧。國王果然很厲害……。

「先別說這些了，快幫我把繩子解開吧！拜託妳！」

莉愛走進房間幫他解開繩子，一邊這麼問：

「今天是幾號？」

「嗄？不是19號嗎？」

在伸明的腦海裡，從國王遊戲開始之後的記憶都消失不見了。也許這是個機會。

現在，知道文字存在的人，只剩下莉愛一個了。

……不過，直也他也可能知道。

「莉愛……香織變成那樣，妳都不在乎嗎？而且這個地方……」

「繩子解開了。」

「得救啦！謝謝妳。」

伸明跪坐在香織身邊，害怕地握起拳頭。

「我被搞迷糊了！到底發生了什麼事？香織為什麼會——？」

「我們班上的同學，快要被超乎人類智慧的國王遊戲給殺光了。」

「超越人類智慧的國王遊戲？同學快被殺光了？」

「遊戲規則很簡單。不服從國王命令的人就要接受懲罰。香織就是犧牲者。」

「這、這太扯了吧！」

「我知道很難以置信，每個人剛開始聽到的時候，都是嗤之以鼻，不過等你親眼看過之後就會相信了。而且，在幕後操縱國王遊戲，擁有超越人類智慧的力量的幕後黑手，就是你深愛的智惠美。」

「智惠美？智惠美殺了香織？還刪除我的記憶？」

「是的。」

「妳、妳騙人！」

「我沒騙你。已經沒時間了，回去的路上我會解釋給你聽。」

莉愛一邊說、一邊在香織身上搜索。手機……找到了。不、那是伸明的手機，因為香織把它搶了過去。莉愛偷偷把伸明的手機塞進自己的上衣口袋裡。

接著，她又找出香織的手機，把裡面的簡訊刪除。

「喂！妳從剛才就一直在摸香織的身體，到底想做什麼？」

伸明瞄了一下她的手。

「沒什麼，我們快下山去吧。」

「下山？應該先打電話報警吧。咦？手機不見了？掉了嗎？還是放在家裡？麻煩妳先打給我的手機好嗎？」

「沒用的，這裡收不到訊號。我們快走吧，這樣才能打電話。」

「可是我的手機……」

「香織比你的手機更重要吧。」

要走到可以收訊的地方，大概需要2個小時吧？已經沒時間了。

如果有人搶先擲骰子的話，那就糟了……。

從這裡回家，需要10個小時車程。在此之前，必須先讓伸明和智惠美或是直也碰面才行。只能祈禱這段時間沒有人敢擲骰子了。

莉愛跑在前頭，伸明在後面叫住她。

「等一下，香織怎麼辦？」

「先把她留在這裡，等我們可以收到訊號時再報警處理。」

「留在這裡？……這樣不好吧，還是帶她一起走吧。我來背她。」

「山路要走2個小時以上耶。香織已經死了，跟一團蛋白質沒兩樣了啦！」

「妳怎麼說這種話！太過分了，我就是要帶香織一起走！」

「隨便你。要是你趕不上的話，我可不管你。」

「這傢伙怎麼這樣，真令人生氣。香織，我會帶妳一起走的。」

伸明在沉睡的香織面前跪下，雙手合十，然後小心翼翼地把她的身體背到背上。感覺很輕，背下山應該不成問題。

香織到底發生了什麼事？真的是死於國王遊戲嗎？還是因為智惠美？

完全想不起來。

香織靠在他背上沉沉地睡著。這種感覺……好像不久之前也曾經體驗過……這是自己在胡思亂想嗎？

話說回來，莉愛居然說香織是「一團蛋白質」，實在太沒人性了。

他往前看了一下，莉愛已經走到很遠很遠的前方。

「等、等一下，莉愛！」

伸明加快腳步，想追上莉愛。

打給美奈子看看吧。

「您撥的電話目前無人接聽……」

「為什麼沒人接呢！」

接著，又打給千亞。

「雅美？……什麼事？」

千亞的聲音聽起來沒什麼力氣。

「我想，還是打電話報警吧，妳覺得呢？」

「如果警察出面，造成國王遊戲無法繼續的話怎麼辦？大家一起死喔？」

「……」

「白天不方便行動，我看這樣吧，晚上10點大家到笹木頸水庫的公園椅那邊集合，商量對策。那裡半夜沒什麼人，應該很適合。」

「……好吧。」

「我來聯絡大家。不過妳要有心理準備喔。」

【有事要商量……決定要由誰來擲骰子。因為白天不方便，所以請大家晚上10點到笹木頸水庫公園集合。知道地點嗎？　川野千亞】

掛掉電話後10分鐘，千亞發的簡訊傳到了。確認寄件人是千亞後，雅美打開通訊錄，一個個尋找。

「利幸？直也？莉愛？智惠美？到底誰會擲呢？……隨便都好，只要別指名我就行了……

拜託。」

雅美有種不祥的預感，內心恐慌不已。

笹木頸水庫公園離市區有一段距離，半夜裡幾乎沒有人來。園內林蔭茂密，種滿各種不同品種的樹木，但是沒有設置盪鞦韆或是吊單槓之類的遊樂器材。園區中央擺著一張木製圓桌、圍繞在桌邊的八張圓木椅，還有爬滿長春藤、用來遮陽的屋頂。

晚上10點5分。千亞比約定的時間遲了一點才到。利幸、直也、俊之、敬太、智惠美、雅美早已圍坐在桌子四周，現場瀰漫著一股詭異的氣氛。這6個人誰都沒有開口說話。每個人心裡都充滿了恐懼、不安、猜忌、疑惑……各種複雜的情緒交織在一起。

現場一片鴉雀無聲。由於這附近連一盞路燈都沒有，唯一的光源就是月光，所以光線非常昏暗。

每個人都用不信任的眼神瞪著彼此，甚至還有人渾身散發著殺意。在他們之間，信任早已經蕩然無存了。

智惠美整個人死氣沉沉，直也也失去了往日的精神和活力。就連平常吊兒郎當的敬太，今天也不再搞笑。利幸則是用銳利的眼神觀察其他成員，臉上不時露出詭異的笑意。

至於距離稍遠的人，因為光線昏暗，無法看清楚面孔，頂多只能隱約看到輪廓而已。

公園裡非常安靜，只有青蛙和蟋蟀的叫聲、以及有規律的水聲，滴答滴答地在黑夜中迴響著。氣氛異常地緊繃，彷彿只要有人出聲，大家就會開始爭吵。

千亞熬不住內心的惶恐，打破了沉默。

「美奈子割腕被送到醫院了。莉愛現在還聯絡不上。如果她還活著的話，那麼目前存活的人總共有9人……32位同學之中僅剩的9個。我們已經走投無路了。」

「千亞，現在先別說這個！到底要由誰來擲骰子？」

利幸大聲叫道。

「由說話最大聲的人來擲如何？」

「是誰在說話？我聽到的是女生的聲音！」

利幸不客氣地問，可是沒有人回答他。

千亞忍不住竊笑。她伸出握拳的手，在大家面前打開，一顆骰子就放在她的手掌心上。千亞用拇指和食指捏起骰子，小心翼翼地放在桌上。

「利幸1號，這是骰子，拿去吧。」

「1號？為什麼突然給我加編號？還有，為什麼要我擲？」

「因為你好像很想擲的樣子。」

「我已經說過了，我絕對不擲！既然是妳拿來的，就由妳擲吧！」

「……由我擲的話，第一個就是指名你喔。」

「可惡，妳敢的話，我就先宰了妳。」

「擲的人本來就會死，你不知道嗎？」

「先冷靜下來，利幸。」

直也開口安撫利幸。

「嗄？這叫我怎麼冷靜呢？直也，你瞭不瞭解現在是什麼情況啊？」

「你成熟一點好不好！現在大家的處境都一樣！」

智惠美全身顫抖地說著。她用手臂環抱著自己，大概是想要抑制住渾身的顫抖吧。

「好了，大家不要再吵了……」

氣氛越來越險惡，眼看就要一觸即發，直也用無助的聲音哀求著：

「最近，我越來越不懂得什麼叫做幸福了。像現在這樣，每天過著詭異恐懼的日子，以前不瞭解或是不在乎的事情，現在都變得好珍貴，像是上學、玩樂、看電視，那些被我視為理所當然的生活瑣事……。我好想回到以前的生活……我想回到過去……」

「我也想回到以前平凡的生活……」

雅美哭喪著臉說。大家的心情都壓抑不住了。

「所、以、聽、我、說！先別管這些啦！這次到底要由誰來擲骰子！」

心急如焚的利幸已經快爆發了。

「雖然晚了一點，可是我可以加入嗎？」

不遠的地方有個女孩子的聲音傳來。是誰？

千亞往聲音的方向看去。

「伸明！」

智惠美和直也流著眼淚大喊。兩人就像是苦等多時的小狗，終於盼到主人歸來一般，朝伸明撲了過去。

「你還活著？你真的是伸明？沒騙我們吧？太好了……你還活著，太好了……」

「伸明就站在我們面前，真不敢相信。別跟我說你是鬼喔！」

伸明瞪著在他身上摸來摸去的直也，生氣地說道：

「別亂摸！離我遠一點！也別跟我說話！真沒想到，你是那種人！」

「咦？你、你在說什麼？我做了什麼嗎？」

「少裝啦！智惠美，妳跟他說！真是不可原諒。你做了什麼自己心裡明白！」

智惠美和直也同時發出「嗄？」的一聲，一副不知所云的樣子看著伸明。

莉愛站在後面，斜眼看著他們幾個，臉上露出詭異的笑容。

「快點決定由誰來擲吧。投票表決如何？」

聽到莉愛這麼說，雅美用袖子擦掉眼淚，兩手用力往桌子捶下。

「投票表決？妳以為問題有那麼簡單嗎！」

「簡單最好啊。這是國王遊戲，我們誰也逃不掉。你們怎麼還是沒搞懂，越怕死，這個遊戲就越是沒完沒了。懂嗎！沒完沒了！」

「莉愛，妳是不是知道什麼？」

智惠美這樣問道。突然，利幸咯咯咯地笑了起來。

「太好啦，伸明！多一個人，我的存活率就往上提升一些啦！」

聽到利幸這麼說，直也以想要殺人的眼神瞪著他。

「你這傢伙……」

「我說錯了嗎？直也的存活率也提高啦，難道不值得高興嗎？人數越多，擲骰子的機率和被指名的機率都會降低啊。」

「你說這什麼鬼話——！」

直也握緊拳頭，往利幸撲了過去。利幸輕鬆地躲過攻擊，還轉過身在直也的臉上賞了一拳。

「沒打中！那種花拳繡腿也敢拿出來獻醜！」

利幸一語刺中直也的要害。利幸還不罷手，朝著已經仆倒在地的直也的側腹用力踢去。直也按著側腹，痛苦地掙扎。

伸明冷靜地看著這一幕。

「打架你是贏不了我的。很痛吧？直也。不想再被修理的話，最好乖乖聽話。」

「伸明，快阻止他！」

智惠美拉著伸明的手說道。

「為什麼見死不救呢？你說啊！」

「……真是痛快。」

「你、你是怎麼了？為什麼這麼生氣？」

「問問妳自己吧！」

伸明甩開智惠美的手。
「住手！不要再打啦！」
俊之衝過來抓住利幸的手臂。
「放開我！剛才先動手的是直也耶！」
「算了吧！都什麼時候了還打架！」
「你是不是也想被揍？」
「……你是怎麼了？利幸。」
俊之把手搭在利幸的肩膀上，試著安撫他。
「少囉唆！我沒有怎麼了！」利幸一把將俊之搭在他肩膀上的手揮掉。
「你變了……」
利幸和俊之的名字寫法雖然不一樣，但唸法是一樣的。這也是當初兩人一見如故、很快變成好朋友的原因。為了容易辨識，班上同學本來想給他們取綽號，但是他們兩人一致反對。
「就算容易弄錯我們也不想取綽號。『我就是你、你就是我』多好啊！」利幸和俊之兩人勾肩搭背，自豪地說著別人聽不懂的話。
「我還不想死！我還有很多事想做！我才不要死呢！」

※註：利幸和俊之的日文發音皆為「TOSHIYUKI」。

利幸像瘋了似地瘋狂大喊，叫聲在寂靜的公園裡迴盪著。
「對了！俊之，你來擲吧！」
「混蛋……你先看看四周吧……」
俊之失望地嘆了一口氣。一旁的千亞看不下去，從位置上站起。
「我來擲！我絕不會原諒利幸1號的！」
「住手！妳不可以擲！」
利幸像滑壘一樣往桌子的方向飛撲而去，比千亞早一步搶到骰子，然後把骰子遞給俊之。
「你來擲。千亞擲的話，我一定是第一個被指名。快擲吧！拜託你擲吧！」
利幸硬把骰子塞到俊之的手裡，逼他擲骰。
「你在做什麼！」
「你來擲的話，問題就解決了！」
「不會吧！你、快住手！」
兩個人開始爭執不下。
利幸為了逼俊之擲骰，想把俊之緊握的拳頭掰開，可是俊之緊握拳頭，抵死不從。
「要是你不用這種方式，說不定我還……」
爭執之中，俊之不禁流下悔恨的眼淚。
「你們兩個別吵了！」
「怎麼會變成這樣呢……」

莉愛面帶微笑，冷眼看著僵持不下的兩人。

「這就是瘋狂的世界。充滿了恐懼的世界。」

「你們兩個是怎麼啦！」

伸明出面將兩人分開，把失控的利幸牢牢架住。

「放開我，伸明！」

「冷靜一點！」

從纏鬥中掙脫的俊之，趴在地上，不甘心地用手指刨著地面。等到紊亂的呼吸慢慢平復下來，他才仔細看著握在手中的骰子。

「一切都沒希望了……我討厭這樣。」

俊之自暴自棄地喃喃自語。他舉起手臂，打算把骰子扔出去。

「什麼國王遊戲！可惡！」

「住手！你這樣做，說不定會被視為是擲骰子！」

直也在千鈞一髮之際，抓住俊之正要揮出去的手。

「你丟出去的話，不就等於是擲骰了嗎！」

「我已經受不了啦……我不要看到現在這樣的利幸……我不要！」

伸明看著哀嚎的俊之，一時疏忽鬆開了利幸。

「放開我！哼……他本來差一點就要丟出去了說！啊、對了……」

利幸說到一半，突然繞到智惠美背後，用手臂扣住她的脖子。
「喂！伸明、直也！你們知道我這麼做代表什麼意思嗎？」
「利幸！你在做什麼？快放了智惠美！」
「你知道自己在做什麼嗎？」
伸明和直也慢慢靠近利幸。其他人也被利幸的舉動嚇了一跳。
「發問的人是我。快回答！」
「我……不能呼吸……救……命……」
智惠美的臉瞬間脹紅，兩腳痛苦地踢著，兩手緊緊抓住勒住她的手臂。
「住手！放開智惠美！」
為了避免經刺激利幸，伸明一步步慢慢靠近。
「喂，不准再靠近了！我的力氣很大，智惠美的脖子這麼細，恐怕承受不住喔。你瞭解我的意思吧？」
智惠美緊閉雙眼，表情非常痛苦。利幸因為亢奮而滿臉漲紅，他的情緒全寫在臉上，看起來非常激動。
「這、這就是殺人的快感嗎？伸明或直也都行！快擲吧！還有，你們敢指名我的話，後果自行負責。我早就知道直也暗戀智惠美的事啦。這裡是你最後的告白之地，多麼巧妙又充滿智慧的安排啊！」
智惠美好像是力氣用盡了。原本努力想掙開利幸的手臂，如今也無力地垂下。

「好，我來擲吧！你快放開智惠美！」

伸明擔心地走到利幸面前說。

「你先擲。等你擲完，我馬上放了她。」

「我知道……不過你力道輕一點，否則智惠美會……」

利幸鬆開手臂的力量，智惠美猛然咳了好幾聲後，氣弱游絲地說：

「伸……明……不可以………」

「智惠美，妳給我閉嘴！否則我就再勒住妳！伸明，快點擲吧！」

伸明警戒地盯著利幸，然後把手往旁邊伸出去。

「誰把骰子拿來給我……？快點，快拿給我！」

伸明催促似地揮揮手，俊之吃力地把自己撐了起來。

「你真的願意嗎？」

「嗯。」

當俊之要把骰子放到伸明的手心時，直也突然把骰子搶了過去。

「不可以讓伸明擲！我來。」

「你在說什麼？還我！」

「以後能夠保護智惠美的人就只有你了。而且我也欠你一個人情。只要能保住你和智惠美，我願意擲骰子。」

直也微笑地看著伸明。

「住手！直也！」

直也閉上眼睛。「這樣總可以了吧！」他大聲吶喊著，同時用力把手上的骰子扔向地面。被丟出去的骰子在地上跳了3、4下後開始旋轉，最後在智惠美的腳邊停住。

「直也……你……」

「我們必須先搶到機會。以後的事就拜託妳了。」

「這是騙人的吧！為什麼會這樣呢？都是我害的……」

智惠美一面哭喊，一面氣憤地跺腳。這時，直也的手機響了起來。

【10／30星期五22：55　寄件者：國王　主旨：國王遊戲　本文：從現在開始的5分鐘之內，按照骰子的數字，指名相同數量的同學。指名的方法，是直接喊出名字。立刻指名　END】

「指名的方法居然是……直接喊名字？開什麼玩笑！」

「瞧，骰子就在智惠美的腳邊！去看數字吧！除了我之外你要指名誰都行。」

利幸高聲地笑著。這傢伙想得真美！伸明這麼想，心裡不由得升起一股怒氣。

直也去看了骰子的數字。

「要指名4個人……該指名誰呢……」

「我的建議是千亞或雅美。或者，你要指名智惠美也行。」利幸說道。

「直也，就叫美奈子吧。反正她人也不在這裡，而且她本來就打算自殺。」敬太說。

「讓我自己決定。敬太……情況不是你想的那麼簡單……」

突然，在場的每個人手機同時響起。直也一臉驚訝地看著來電顯示。

【10／30星期五22：55　寄件者：國王　主旨：國王遊戲　本文：男生座號32號・山下敬太　處以斬首的懲罰　END】

「……是我！我要被懲罰了！」

敬太顫抖地說。直也楞楞地站在一旁。

「為、為什麼是敬太？……不會吧……我又還沒指名……」

敬太抓著直也。

「為什麼是我？直也！我一直站在你這邊，還給你很多建議耶！」

「我並沒有要指名你啊……是真的，你要相信我！」

「可是，到頭來你還是讓我遭受懲罰，不是嗎！」

直也無奈地別過臉。

伸明已經知道為什麼了。因為指名的方法是直接說出名字，偏偏直也剛才說話的時候，無意間已經說出了敬太的名字。

「……對不起……真的很對不起。」

直也自己也發現了。

「什麼對不起……你以為道歉就沒事了嗎！……你要……給我交代……」

敬太突然雙手抱頭，痛苦地抓著脖子。

「頭、頭好痛啊！我的脖子、脖子……」

直也說了好幾次「對不起」，然後緊緊地抱住敬太。直也和敬太之間流出一種溫熱的液體，伸明上前摸了一下。

「紅……紅色的血？是血！」

直也想要把敬太的身體推開，睜大眼睛看著他。眼前那張敬太的面孔，慢慢開始往旁邊傾倒。身體還在原地，臉卻歪斜了。然後，敬太的人頭咚的一聲掉落到地上。

脖子以上的部分不見了。

平常被皮膚包裹在裡面的血肉和骨頭，現在全都暴露在外。

紅色的鮮血不斷從敬太的脖子斷面湧出，把直也的衣服染成了紅色。

敬太的頭在地上滾了幾圈後停了下來，臉的部分正好朝向直也。

敬太的眼睛直直地盯著他，嘴巴微微地抽動，好像在瞪人……可是，又好像在笑。

「不……不要看我！不要瞪我！」

鮮血無法遏止地大量噴出。地上那灘紅色的液體快速向外擴散，血腥味隨著風勢向四周散開。

到處噴濺的鮮血，正好射入直也半張開的嘴裡。直也嚇得大聲哭叫。

「哇、哇、血……血……」

他嫌惡地把濺到嘴裡的血吐出來，一把將敬太的身體推開，自己也跌坐在地上。敬太的身體失去了支撐，搖搖晃晃地走了幾步之後，往直也的方向仆倒。

「救命啊！快把敬太拉開！」

伸明也被嚇得顫抖不止，他想過去把敬太拉開，可是手腳就是不聽使喚。現場的人全都楞住了，沒有一個人幫助直也。

因為畫面實在太驚悚，被嚇傻的伸明甚至忘記大叫。

過了一會兒，伸明的手腳恢復控制後，走向直也，一腳把敬太的屍體踹開。那具無頭的身體就這樣呈大字形往後倒下。伸明拍拍直也的肩膀問道：

「你、你還好吧？」

直也本能地豎直身體，不停地顫抖。

「……血……脖子……敬太死了……」

直也好像被附身一樣，僵硬地從地上爬起。

「該……該指名下一個了……」

伸明看到直也被嚇成那樣，心中感到不忍，緊緊地抱住他。

「……對不起，都是我和智惠美讓你承受這麼大的痛苦。我該怎麼向你賠罪呢……」

直也的頭髮被鮮血濺得又濕又黏，還染成了紅黑色。血水從他的袖口和褲腳滴下，在地上形成一道清楚的痕跡。

「……中尾美奈子。」

直也小聲地說，眼淚從他眼裡汩汩流出。淚水因為沾到鮮血而變成紅色的。

「……還剩2個人。下一個該指名誰呢！」

直也以前不是這種人啊！

此時，每個人的手機都無情地同時響起。

【10／30星期五22：56　寄件者：國王　主旨：國王遊戲　本文：女生座號19號・中尾美奈子　處以窒息死亡的懲罰　END】

「太好了！瞧！一個個死啦！」

利幸像在看好戲一樣地瘋狂大笑。

「直也，拜託你叫我的名字吧……都是我不好。是我害了大家！」

智惠美哀傷地說。

「我怎麼能叫妳的名字呢……」

「拜託你！」

莉愛也這麼要求直也：

「快叫智惠美的名字吧！因為她就是國王。」

「這、這怎麼可能！我……我辦不到！我絕不會這樣對她的！」

「就算你叫智惠美的名字，她也不會死的。直也，你知道死去的那些人的手機裡有留下文字吧？那些字是在暗示智惠美，我早就想逼智惠美說實話了。」

「早就想？」

「你不該擲的。因為直也擲了骰子，害她的計畫泡湯了。她是故意讓你和伸明吵架的。直也，拜託你，快叫智惠美的名字！」

「不管是什麼原因，我都不會指名她！我絕不會這麼做！」

「直也……你……」

「智惠美，快離開這裡！」

「謝、謝謝你，俊之。」

「發生了什麼事？」伸明聽到聲音，趕緊轉頭去看。利幸倒臥在地上，俊之低頭看著他。

智惠美躲在伸明的背後，看著俊之。

「智惠美，到底是怎麼回事？」

「俊之打了利幸！」

「好痛啊……你在做什麼？俊之！你找死嗎！」

「我們一起死吧……」

俊之說完，隨即撲向利幸，將他壓制在地上。

「你、你要做什麼？」

「我不是說了嗎？我們要一起死。」

「嗄？」

「直也！同時叫我和利幸的名字，把我們兩個一起殺了，拜託你！」

「你在說什麼傻話！我還不想死！直也！不准叫我！」

利幸拚命掙扎，想擺脫壓制。俊之用力壓在上面，牢牢地扣住利幸的手。

「直也，快叫！你知道的，必須再叫兩個人名字才行！利幸這傢伙一旦抓狂，什麼事都做得出來！趁我還能壓住他的時候快叫！我們就是最後那兩人！」
「不要————！」
「你已經看到利幸會做出什麼樣的事了吧！直也！」
俊之嘶吼著。直也低著頭，口中喃喃唸著。
「…………阿部利幸。」
「這樣不夠！還要叫我的名字！你要我說幾次！快叫啊！」
「你敢叫的話，我就宰了你，直也！」
利幸大聲咆哮，手腳拼命地掙扎。
「直也，不要再猶豫了！要是你不叫的話，我就殺了伸明和智惠美！不要只留下我！」
「好、我知道了……藤岡……真的要我這麼做嗎？」
「沒關係，你快叫吧！要我說幾次啊！」
「……藤、藤岡……俊……俊之……」
直也斷斷續續地叫出俊之的名字後，忍不住哭了起來。他掩著臉低聲啜泣著。
「謝謝你，直也。對不起，讓你這麼痛苦。」
在場所有人的手機又同時響了。
【10／30星期五22：58　寄件者：國王　主旨：國王遊戲　本文：男生座號2號・阿部利幸、男生座號者23號・藤岡俊之　處以失血而死的懲罰　END】
瞬間，利幸發出幾乎貫穿耳膜的淒厲哀嚎。

「哇啊啊啊啊啊——！」

「不知道我們會遭到什麼樣的懲罰……」

俊之緊緊抱著利幸，對著快窒息的利幸這麼說，像是在向他道歉。

「我還不想死啊！」

「很快就會結束了……再忍耐一下。有我……陪著你。」

俊之的雙眼流出鮮血。夾雜血色的淚水滴落在利幸的臉上。

「我們一起死吧。趁我們還是人的時候，好嗎，利幸……」

接著，兩人的耳朵也開始滲血，然後是鼻子。鮮血浸濕了利幸的頭髮。

兩人流出的鮮血在地上積成一灘血水，手和腳像在抽搐一樣地顫抖。

沒過多久，俊之和利幸再也沒有任何動靜。手臂和雙腳幾乎枯乾，嘴巴大大地張開露出白色的牙齒，舌頭垂掛在外面。

兩個像是一對熱戀情侶般緊緊抱在一起，動也不動。

雖然死狀極為悽慘，但在伸明看來，卻是那麼美麗。

「已經指名了4個人，接下來輪到我了……我終於……」

直也顫抖著說道。他一定是感受到前所未有的恐懼吧。直也用手臂緊緊環抱住自己，以為這樣可以止住顫抖，可是一點效果也沒有。

指名結束之後，輪到直也要受罰了。伸明也不知道該怎麼安慰他。

「還好吧？」、「不要擔心！」總不能跟他說這些吧？真不知道該說什麼才好。

這時，莉愛突然站到直也面前。

「直也，如果要多指名一個人，你會挑誰？千亞？雅美？還是智惠美？」

直也不想回答她的問題。

「回答我。」

「都這種時候了，妳問這個幹嘛？妳是不是沒大腦啊！」

伸明抓住莉愛說道。

「你閉嘴。快說，你會挑誰？」

直也小聲地說：

「我絕不會指名智惠美的。如果是雅美和千亞的話，應該會選雅美吧？」

話才說完，大家的手機又同時響起。

幾秒之後，手機又再一次同時響起。

聽到手機鈴聲的瞬間，直也臉上出現難以置信的表情。

「這是怎麼回事？」

先看完簡訊的雅美，突然像是發狂似地尖叫道：

「不是已經結束了嗎！為什麼要懲罰我？千亞和莉愛都比我更應該被指名吧！沒有資格活著的醜女人、還有像洋娃娃一樣的行屍走肉！再怎麼說，我都比她們優秀！我有活下去的價值啊！一定是叫錯名字了！」

「不是【4】嗎？那就是指名4個人啊……為什麼雅美也要受罰？」

無法接受現實的直也，整個人都恍神了。

千亞用力揪住雅美的頭髮，雅美的身體因此往後仰起。千亞在她耳邊低聲說：

「喂，妳說沒有資格活著的醜女人，該不會是在說我吧？」

「除了妳還有誰？妳去照照鏡子吧。老實說，看到妳的臉我就想吐。」

「妳再說一次！仗著自己長得可愛就這麼囂張！老是在別人背後說壞話！還說妳討厭男人，其實一天到晚都在招蜂引蝶！人面獸心！」

「妳是吃不到葡萄說葡萄酸吧？原始恐龍！妳去動物園的話，也許還比較受歡迎。每個人收1萬圓的參觀費，這樣就能賺大錢啦。如果妳還能活著，應該改走這一行！真是抱歉啊！」

「動、動物園？」

千亞簡直氣炸了，在雅美的臉上一陣亂抓。雅美用手護著臉，從指縫間瞪著千亞。

「妳想弄花我漂亮的臉蛋嗎！妳是因為自己沒異性緣，所以才說『討厭男生』的吧！」

「妳亂說！」

直也沒有理會雅美和千亞的激烈爭執。

「雅美要受罰……可是，在雅美之前，我先說了智惠美的名字……這麼說……」

完了！他一時疏忽，忘記最重要的事了！直也感到錯愕不已，連簡訊都不敢看。

他一臉慘白，趕緊質問莉愛：

「我有指名智惠美嗎？這樣不是完了嗎……我、我害了智惠美嗎？」

直也楞楞地看著自己沾滿敬太鮮血的雙手，久久說不出話來。一陣風吹來，血腥味隨風飄散到了空氣中。莉愛把手搭在直也的肩膀上。

「以後的日子就快樂多了，我會讓你瞭解這種感受的。」

直也撥掉莉愛搭在他肩上的手。

突然，智惠美感到一陣暈眩，隨即昏倒在地。伸明趕緊將她抱住。

「我的手機不見了！誰都可以，快打我的手機號碼啊！」

可是，在場沒有一個人回應他。

「不要生直也的氣……會變成這樣都是我造成的。也許打從一開始，由我來擲就好了。如果我有這個勇氣的話，事情就不會變成這樣了……」

伸明在智惠美耳邊喃喃說道。他用自己的額頭貼在智惠美的額頭上。

「妳會就這樣死去嗎……」

「別管我了，先去看看直也吧……他就要接受懲罰了。伸明，你要看著他。」

智惠美試著說服不願放棄她的伸明，又繼續說道：

「女朋友以後要交幾個都有，可是，要找到像直也這樣的朋友不容易啊。」

伸明還是拼命地搖頭。

「我求求你，聽我的話好嗎！」

「不要！不管是智惠美還是直也，我都不想失去！」

「智惠美要接受懲罰……全都是我幹的好事……橋本直也！橋本直也！橋本直也！」

直也不斷地大喊自己的名字。莉愛卻站在一旁冷冷地看著他。

「你叫自己的名字那麼多次做什麼？怎麼？想早點被殺死嗎？」

直也無法控制自己的流淚，邊哭邊吸著鼻子。

「真的很對不起！我自己也不知道為什麼會演變成這樣！」

直也滿臉淚水地這麼說道。

旁邊的雅美和千亞還在互相拉扯，她們從直也面前衝過。雅美一把推倒了千亞。

「我絕不原諒妳！我要詛咒妳！我這一輩子都會恨妳！」

雅美用食指朝千亞的左眼戳入。千亞發出淒厲的哀嚎。

「我要讓妳永遠忘不了這個教訓！」

雅美的食指往更深的地方用力鑽入。千亞的眼球受到擠壓，發出噗啾噗啾的聲音，隨即左眼滲出紅黑色的血。

「妳的身體裡面挺溫暖的嘛。是誰挖走了妳的左眼呢？」

雅美慢慢地抽出插在千亞左眼的手指，血水從她的指尖不斷滴下。千亞的手押著左眼，痛苦地掙扎著。

「是我挖走的！我要妳一輩子記住我的名字！」

「我的眼睛！救、救命啊！」

「真是……痛快啊……」

雅美的表情突然轉為痛苦。她按著左胸，身體像拱橋一樣往後彎曲傾倒，整個人不斷地抽搐。即使在掙扎之中，嘴裡依舊不停地咒罵道：

「千亞……我……我恨妳……」

話還沒說完，雅美已經動也不動，嘴巴也停了下來。千亞痛苦地按著左眼，用僅剩的右眼瞪著雅美。

「真是自作自受……好痛快啊……」

莉愛微笑著說道：

「怨恨、醜陋、嫉妒、愚痴、貪慾、背叛。人哪，一旦被逼急了，就會露出本性，呈現出真正的價值，這就是人類。」

另一邊，智惠美閉著眼睛，發出痛苦的呻吟。她摀著臉說：

「伸明，你快走吧！我不要你看到我這個樣子！」

「不、不要！我不走！我們不是說好要永遠在一起的嗎！」

伸明拼命搖頭哭喊著。

「我求你快走！我不要你看！」

「對不起，是我害了妳……」

抬頭看，直也就站在兩人面前。可是，他的左邊肩膀以下空蕩蕩的，因為左手臂已經掉落到地上。

直也用右手按住左肩膀被切斷的部分，他極力保持鎮定，不露出痛苦的表情。可是左肩膀還是不斷地噴出大量鮮血。

「真的很對不起。我不奢求原諒，也不會給自己找藉口。」

「直、直也！你、你的手臂……」

「我的文字……」

直也用僅剩的右手，拿出自己的手機。

「你要牢牢記住！【們】【的】【將】【一】【個】【十】。其他的文字只有莉愛知道。這就是找出國王，結束遊戲的關鍵。我死了之後，手機也會出現文字。之前死掉的每個同學的手機裡，也都各自留下了一個文字。」

「先別說這個……你的手……」

「你們要利用這些字，拼出文章，終結這場遊戲……拜託了。」

「現在先別管這些了！你的手都不見了！」

直也不顧反對繼續說：

「就算記憶被刪除，可是……你一定要想起大輔、明、奈美、陽介……還有大家！要記住國王遊戲的體驗！以前跟你在一起時，我就在想，伸明你真的很了不起！」

這次，直也的右手臂也掉到地上了。就像是熟成的果實受到重力的牽引，自然從樹上脫落一樣。直也已經失去了兩隻手臂。瞬間，他的表情變得十分痛苦。

「別再說下去了……我求你……我們不是一路走過來了嗎？智惠美也是……咦？」

不久前智惠美的手還很光滑，才一會兒工夫卻變得像老太婆的手一樣乾癟。就連被手遮住的臉，也能從手指縫隙間看到滿佈的皺紋，紅潤的嘴唇變得又乾又醜。

「果然……直也，真的很對不起。」

智惠美說完，便失神昏了過去。

接著，眼前的人影倒了下去。是直也。他的左腳斷裂開來，身體因為失去支撐而不支倒下。

「不、不會吧！直也和智惠美怎麼了！太可怕了！我受夠了！」

直也倒臥在地上，仰著臉看著伸明說道：

「現在不是傷心的時候……當初，最先發現『國王遊戲是玩真的』的人是誰？我這條命是誰救回來的？發現文字隱藏謎題的人是誰？知道不能拒收國王簡訊的人是誰？發現不能流眼淚，救了大家一命的人是誰？就是你，伸明！」

「你到底……在說什麼……」

「我求你。一定要終結國王遊戲。我相信你可以辦到的，伸明。」

直也的右腳也斷了。他已經失去雙手、雙腳，只剩下頭和軀幹了。

伸明難過地直搖頭，淚水不停奪眶而出。

「你不要死！我、我該怎麼辦！不要留下我孤伶伶的一個人啊！」

直也口吐鮮血，用溫和的眼神對他說：

「哭是無法解決問題的……咳咳……對了，剛剛你在氣什麼？如果我做錯了什麼，我向你道歉……不過……現在說這些也無濟於事了……」

……直也會變成現在這個樣子，都是為了保護我和智惠美。可是我卻因為芝麻小事而生氣，我真是太小家子氣了。伸明悔恨地咬著牙。

「那些已經不重要了……」

「沒關係，告訴我吧……我想向你道歉……」
「就是友情對決投票……還有你和智惠美做的那件事……不過我已經不氣了。」
伸明止不住啜泣，鼻水不停流出。他不斷地想要擦掉，但是眼淚馬上又溢出來，幾乎讓他無法呼吸。
「……原來是那件事……我真的……很抱歉……」
下腹部也被切斷了的直也，靜靜地闔上嘴，不再有任何動靜。
「直、直也……直也——！」
伸明放聲吶喊著。他抬起頭望著夜空，無法克制地嚎啕大哭。他擁有的一切，全都被奪走了。
下一刻，直也的頭喀咚一聲滾落到地面。他的身體就像是被人砍了6刀。
「我不要你死！我不要！」
直也交給他的手機響了起來。
【10／30星期五23：00　寄件者：國王　主旨：國王遊戲　本文：確認服從。　END】
「什麼確認服從……直也他……他已經不在人世了啊！」
伸明拾起滾落在地的直也的頭，將它抱在懷裡輕輕地撫摸。原本應該已經死了的直也，眼裡竟流下了淚水。
「為……為什麼會變成這樣呢……把直也還給我！」
從直也脖子流出的鮮血，將伸明的衣服染成了紅色，屍塊散落在周圍的地面上。

直也死了，他是為了大家而死的。他死了之後，命令12也就此結束了。
伸明緊緊抱著直也的頭，彷彿時間靜止不動了。
他一直維持這個姿勢，不停地哭著，也不知道究竟過了多久的時間。
他一次又一次用袖子拭去臉上的淚水，擦得眼睛紅腫浮漲，周圍的皮膚也刺痛不已。
「我一輩子都不會忘記你的。」
伸明慎重地把直也的屍塊一個個拾起，集中到一個地方。連跑出來的腸子和內臟，也用手小心地撈起來堆在一起。那些屍塊和內臟摸起來還殘留著溫度。
「直也！」伸明邊哭邊撿拾屍塊。直到全部集中到一處之後，莉愛開口說話了。
「直也指名了6個人，所以身體才會斷成6截。」
「可惡，妳想說什麼？」
「我在想，如果他只指名一個，說不定只會少一隻左手臂。」
聽到這話，伸明感到一股火氣往上衝。這時千亞用手壓著出血的左眼說：
「我要去醫院。」
「嗯，是應該去醫院。要我陪妳一起去嗎？」
「不要跟來！你要穿著沾滿鮮血的衣服去嗎？」
千亞像是逃命似地跑開了。
「我有重要的話要說。我們能單獨談談嗎？莉愛。」
原本已經昏過去的智惠美，現在已經醒了過來，站在伸明旁邊，認真地說道：

「我正好也想找智惠美談呢。」

「伸明，拜託你，請你在這裡等一下好嗎？」

現在實在不宜讓智惠美和莉愛兩人獨處。伸明的直覺這樣告訴他。可是智惠美的眼神非常堅定，伸明只好認輸說道：「好吧。」

智惠美和莉愛兩人消失在黑暗中。伸明有種感覺，智惠美很可能就此一去不回。

他打開直也的手機，查看裡面是否有尚未讀取或是尚未傳送的簡訊。

【10／30星期五22：59　寄件者：國王　主旨：國王遊戲　本文：還剩60秒。　END】

【10／30星期五22：59　寄件者：國王　主旨：國王遊戲　本文：女生座號24號・本多智惠美　處以衰老的懲罰　END】

【10／30星期五22：59　寄件者：國王　主旨：國王遊戲　本文：女生座號26號・松本雅美　處以心臟麻痺的懲罰　END】

【10／30星期五　收件者：　主旨：　本文：本　END】

「衰老的懲罰……只有智惠美不用死嗎……留下的文字是【本】？」

伸明內心感到疑惑，非常深刻複雜的疑惑。

智惠美和莉愛走在通往水庫的步道上，走到一半的時候兩人都停了下來。

「告訴我。直也擲出的骰子本來停在妳的腳邊，可是妳卻用腳讓骰子多滾一面。為什麼妳要這麼做？」

「……因為我希望直也指名我。」

「直也是不可能指名妳的。為什麼妳那麼希望被指名？」

「為了確認一件事……。妳可不可以聽我把話說完？」

莉愛靜靜地點頭。

「昨天，我第一次跟家人提起國王遊戲，我爸聽了之後差點嚇死。他質問我『為什麼智惠美會跟國王遊戲扯上關係』。我一五一十地說了。他聽了之後，哭著跟我說起一件藏在他內心多年的痛苦往事。其實，我爸是多年前被滅村之後的生還者，那個村子在32年前消失了，村裡的人全都死光了……只剩下我爸一個人。

我爸經歷過的那件事，和我們現在的情況很像。32年前，我爸在最後殺了他最愛的人，只剩下他一個人活著。接著，他又接到這樣的命令──『要讓國王遊戲繼續下去？還是接受懲罰？』

我爸一心求死，所以選擇要『接受懲罰』。雖然他已經做好必死的覺悟，可是懲罰卻遲遲沒有降臨在他身上。16年後，我爸結了婚，然後生下了我。」

「……不會吧！」

「因為，他接受的懲罰就是『將來生下來的孩子，必須參加這個可怕的遊戲』。也就是說遊戲會一直輪迴下去……永遠不會終止。就算我爸沒有結婚生子，遊戲還是會以另一種方式繼續下去。把大家拖下水的，其實是我。我真的很對不起大家，卻不知道該怎麼說出口……。當我知道真相時，我哭了。我不敢跟任何人說這件事，是我害死了大家！我就是那個國王！是我害大家……」

智惠美抱住莉愛，無法克制地自責、痛哭。

「莉愛，告訴我，我該怎麼向大家賠罪？」

「從某個角度來看，我是猜對了，可是從另一個角度來看，也可以說猜錯了。【命令8】的【要觸摸國王】的矛盾終於解開了。國王其實並不是在我們班上。」

「這個遊戲，到最後只能有一個人活下來。而活下來的那個人，必須面對抉擇，是要繼續玩國王遊戲，還是讓出生的孩子參加國王遊戲的痛苦抉擇……。我想，這次的遊戲結束後，應該也是相同的命令吧？……這場國王遊戲恐怕還沒結束，但是，我不希望伸明受到懲罰。」

「為什麼？」

智惠美站起身來，情緒激動地說：

「國王遊戲不應該存在於這個世界上！不能夠再繼續重複下去！必須有人出面終結它！我相信伸明一定可以做得到！」

「你要讓伸明歷經跟妳爸一樣的痛苦？如果無法終止遊戲的話，他也難逃一死啊……」

智惠美深深吸了一口氣，繼續說道：

「32年前，有個女人受到懲罰之後，變成一個老太婆。當遊戲剩下她和我爸兩個人時，我爸收到的命令是【親手殺死那個女人】。而被我爸殺死的那個人，名字叫做奈津子。

所以，我必須被某個人殺死，這是我的宿命！我何嘗希望讓伸明這麼痛苦，可是必須要有人去做……莉愛，請妳體諒我！」

夜鳴村找到的那本筆記，原來是智惠美的父親寫下來的？

筆記上面寫著這麼一段話——

【我絕不服從這道命令，因為我絕對不要殺人。】

智惠美的父親真的殺死了奈津子嗎？

莉愛輕輕地把手放在智惠美的胸前。智惠美做了這樣的回應：

「我決定……要讓伸明恨我！」

「這就好玩了。怎麼？就為了讓他能夠狠心下手嗎？」

「沒錯……莉愛，難道妳想參加下一輪的國王遊戲嗎？說啊！」

莉愛內心研判，就算要背負起這樣的悲哀，伸明還是會參加下次的國王遊戲。伸明究竟會做什麼選擇？他會承受什麼樣的痛苦呢？這的確是一場好戲，只可惜，自己居然沒辦法看到結局。

到頭來，我們都只是棋子嗎？父母親傳給孩子、孩子再傳給自己深愛的人，遊戲將會不斷地輪迴下去。

「因為妳們遲遲沒回來，我等不及，所以來找妳們。我已經看過剛才死去的同學手機裡的文字了。剩下的就是莉愛知道的那幾個字，快告訴我吧。」

智惠美和莉愛的背後，傳來伸明的聲音。

「我不能告訴你，因為還不到那個時候。」

「別再賣關子了，馬上告訴我！」

伸明用力抓住莉愛的肩膀。莉愛這才拿出一樣東西給他。

「你的手機在這裡。」

「原、原來是妳拿去的？還給我！」

伸明一把搶回手機，莉愛卻冷冷地說道：

「你還記得從夜鳴村回來的路上，我說的友情對決投票的事嗎？」

「記得，不過那和現在有什麼關係？」

「為了讓大家投票給直也，故意傳送假簡訊，欺騙班上同學的人，其實就是你。當天逼死佳奈的人也是你。這些事，都不是直也做的！」

「嗄？」

「你為了讓直也獲勝，才會不擇手段這麼做！只不過，我在說給你聽的時候，修改了情節，說成是直也自己這麼做的。」

「妳是在開玩笑吧……太惡劣了！」

「真是諷刺啊。明明是自己做的，卻大言不慚地說『如果直也那麼做，我絕不原諒他』。還有，智惠美和直也做愛的那件事，你聽了之後，感到非常氣憤對吧。」

「難、難道說，這也是妳編造的謊言！」

「我沒有說謊。不過，這件事另有內情。那其實是國王的命令，但是，直也基於『朋友道義』的理由拒絕了。可是，你自己卻逼著智惠美和直也做愛，理由是『直也的性命更重要』。」

伸明全身顫抖不止，整個人像虛脫了似的，跪倒在地上。

「妳、妳胡說……」

「我說的都是事實。」

「既然如此，為什麼直也最後要跟我道歉？犯錯的人不是我嗎？他根本沒有必要道歉……為什麼他不跟我坦白呢……」

「因為直也認為，你會那麼做都是為了他，是他逼你去做壞人的。所以他才會向你道歉。這麼簡單的道理你也想不通嗎？」

「胡說八道！反正妳說的話根本不能相信！正因為妳一直在欺騙我，事情才會演變成現在這樣。」

「我的確是撒了一點謊……」

「閉嘴！這樣說謊，對妳究竟有什麼好處！直也，都是我不好……」

「真是抱歉，我本來也不打算說謊的。可是，你有義務知道一切真相。」

「莫名其妙！我根本聽不懂妳在說什麼！」

「你要仔細聽我接下來說的話。影像是可以給人洗腦的，只要在影像中插入幾幅一閃即逝的畫面，觀眾就會受到影響，這就是所謂的『潛意識效果』。你以前應該也聽說過吧？過去曾經有個宗教團體在日本玩過這個手法，當時曾經引起軒然大波。你瞭解我在說什麼嗎？你仔細回想一下，有什麼方法可以讓班上的同學上吊而死？」

「妳怎麼突然問這個……」

「就是暗示、洗腦。現實生活中，或許聽來難以置信，但是我們幾乎每天都在接受各種暗示，體驗到洗腦的過程，而且，已經嚴重到足以影響我們的肉體反應。為什麼會這樣呢？因為我們都有感情。」

莉愛像是要煽動伸明似的，把手伸了過去。

「過去盛行嚴刑逼供的時代，曾經發生過這樣的事。一名刑求官在犯人身上抽了一鞭，幾乎致人於死的一鞭。就在他揮下第二鞭之前，鞭子還沒落下，犯人的背上竟浮現遭到鞭打的笞痕。那個罪犯就這樣死了。

另一個故事是，刑求官用火刑逼供。他拿著一根烙得火紅、一看就知道會把人肉烤焦的鐵棒，在犯人面前晃呀晃的，作勢要烙在他的背上。犯人發出淒厲的慘叫，身上的毛髮瞬間全部脫落，背上也浮現烙印的痕跡。那個犯人就這樣死了。

那種極端的恐懼，足以讓一個人驚嚇到會瞬間掉光毛髮。乍聽之下或許很不實際，又缺乏科學證據，可是的的確確發生過。人體體內有超過60兆的細胞，在那一刻，發生了細胞等級的變化。」

「怎、怎麼可能，太扯了吧……」

「是真的。這個國王遊戲，好像就是把我剛才說的那兩種方法向上提升到極限。你以為，國王為什麼要顯示倒數計時？他那麼做並不是毫無意義的，而是想利用倒數計時的手法，來增強恐懼感，加深那種被支配、絕對服從，還有對死亡的恐懼。越是害怕，就越接近死亡，那是一種無處遁逃的恐懼，而恐懼又會衍生出更大的恐懼。每個人都怕死，要完全消除對死的恐懼是不可能的，沒有人可以逃得過。……人是被恐懼給害死的。」

伸明吞了一口唾液，一時之間，腦中一片空白。

「……因為恐懼死亡，所以招來了死亡。」

莉愛看了看手機上顯示的時間，然後爬上步道旁邊高約1公尺的水泥牆。她遙望遠方，眼神看起來非常悲傷。

「莉愛，妳在做什麼！太危險了，妳會掉下去的！」

「別過來，我所知道的就是這些了。如果還有多一點的時間，也許我就能解開國王遊戲的秘密，可惜來不及了。剩下的問題，你得要自己去找答案。」

莉愛冷冷地繼續說道：

「死魚臉、冷漠的女人、陰險的女人、不知道肚子裡裝什麼壞水的女人……曾經這樣罵過我的同學，一個個都死了。看到嘲笑我的人慘死，那種感覺真的很痛快、很過癮！簡直有無與倫比的快感！」

「……」

「怨恨、醜陋、嫉妒、愚痴、貪婪、背叛。人一旦被逼到絕境，就會露出真正的本性和真正的價值。剛才你不也看到了？這是一個充斥著虛偽、膚淺至極的世界。」

「莉愛，妳是怎麼了？從剛才就變得好奇怪……」

「你是很特別的人。也許你可以終結這樣的宿命吧。」

「我很特別？」

「你擁有那麼多可以互相信任的朋友，我卻一個都沒有。也許我也很渴望朋友吧，可惜我沒那個命。說真的，看到你們打成一片，我心裡真有點羨慕呢。我想，也許人並不完全那麼十惡不赦吧。」

莉愛伸手擦擦眼睛。上衣的袖口撩了起來，露出手臂上割腕的痕跡。

「我哭了……我竟然在哭呢。到目前為止，我都沒有哭過……這就是我的選擇吧。」

3個人的手機都響起鈴聲。

「伸明、智惠美。你們兩個人好好地看我最後一眼吧。」

原本還在莉愛眼眶裡打轉的淚水，這一刻完全潰堤了。

「伸明，你要活下去，承擔痛苦的折磨，然後找出答案。」

莉愛的脖子開始滲出鮮血，像畫著直線一般往下滲流。莉愛臉上浮現溫暖的微笑、眼裡閃爍著光芒，看起來是那麼惹人憐愛。

「嚐盡悲傷之後，又會得到什麼呢……？我終於找到了。打從出生到現在……第一次……有活著的……感覺……」

莉愛的頭咚的一聲掉在牆上，然後滾落水壩。接著，身體也整個往後傾倒，像是被吸進黑暗中一樣。

幾秒過後，傳來「嘩啦」的物體落水聲。

「莉愛！」

往下方看，一片漆黑，什麼都看不見。莉愛的身影就這樣消失在黑暗之中。

隱約可聞的流水聲，聽起來是那麼的無助。

「為什麼連妳也走了！為什麼會變成這樣！」

伸明對著水庫的水面悲傷地吶喊。在水庫牆壁的反射迴音下，聽起來更顯得淒涼。

【10／31星期六00：00　寄件者：國王　主旨：國王遊戲　本文：這是你們全班同學一起進行的國王遊戲。國王的命令絕對要在24小時內達成。※不允許中途棄權。＊命令13：男生座號12號・金澤伸明　親手殺死本多智惠美。另外，接下來還有參加者要接受懲罰。女生座號6號・岩村莉愛　處以斬首的懲罰。女生座號14號・川野千亞　處以窒息死亡的懲罰。這些人違反了遊戲規則　END】

命令13【10月31日（星期六）午夜0點2分】

伸明跪在地上。

「莉愛死了。剛才說要去醫院的千亞也死了……什麼狗屁規則……為什麼莉愛和千亞要受罰！」

「太過分啦！」伸明在心中不斷吶喊。

……這是多麼令人難以置信、無法接受的殘酷現實！要我殺死智惠美？莉愛要受罰？千亞要受罰？莉愛和千亞違反遊戲規則，所以要接受懲罰？這是哪門子的規定……？

要我殺死智惠美？要我殺死智惠美？為什麼下這樣的命令？

現在活著的人，就只剩下我和智惠美了……只有我，以及智惠美……。

伸明陷入恐慌之中。

智惠美用令人毛骨悚然的冰冷語氣說道：

「遊戲規則就是——不允許中途棄權。誰拒絕接收國王簡訊，就等同於中途棄權。這是你在【命令11】的時候發現的。」

「智、智惠美，妳怎麼突然說這些？」

「莉愛和千亞她們拒絕接收國王的簡訊，結束了自己的生命。」

拒絕接收國王的簡訊？只要這麼做，就可以結束自己的生命嗎？

「伸明，聽我說……」

「莉愛和千亞……莉愛和千亞用這種方式選擇自己的死亡……」
伸明抱頭吶喊道：
「大家……大家都死了……現在只剩下智惠美了！哇啊啊啊啊——！」
智惠美緊緊抱住伸明，試著安撫他。
「冷靜下來聽我說，伸明。殺了我，這樣就能結束了。我現在變得這麼醜，應該不難下手吧？這段日子讓你受委屈了。」
「妳說這話是什麼意思……」
「我一直在等待這一刻的到來。」
伸明用力推開抱著他的智惠美。
「別碰我！原來智惠美就是國王？是妳殺了大家嗎？回答我！」
「我一直在騙你。真正的我，是一個81歲的老太婆，我就是伸明你在找的人……」
「妳騙人……」
「有件事我也不是很確定，不過，在夜鳴村找到的【關於怪異事件的記錄】筆記本裡，記載的【受懲罰的人】，不是有一個姓本多的人嗎？這是莉愛告訴我的。你可以想像她受到什麼懲罰嗎？」
「夠了！不要說了！別再說下去！我不想聽！」
「我就是那個伸明一直想找的人啊。」
※

其實，莉愛找到的那本【關於怪異事件的記錄】筆記本，裡面所寫的本多奈津子並不是我。

我騙了你，對不起，伸明。

我的確是伸明你一直在尋找的那個人，應該沒錯吧？可是，殺死班上同學、發出邪惡命令的……是國王，並不是我。

還有，我並不是老太婆。

我一直是你看到的那個模樣。你看到的我、觸摸到的我，才是真正的我……。

對不起，我必須要跟你說謊。但是，不這麼做的話，伸明一定……下不了手殺我的……。

怨恨我吧，我求你……。是我不好，我是把大家拖下水的罪魁禍首。

※

伸明的手掐住智惠美的脖子，智惠美毫不反抗地靜靜閉上眼睛。

「儘管用力吧，我希望能死在伸明的手上，因為我殺了太多人了。」

「妳竟然把大家……太狠毒了！我絕不原諒妳！」

「過去這段日子我很快樂，伸明。」

「什麼叫『我很快樂』！妳還有臉說這種話！」

伸明哭嚎著，勒住智惠美脖子的手也更加使勁。

「在國王遊戲開始之前，的確是很快樂……因為學校裡有那麼多同學，大家每天都玩在一起。可是……妳卻毀了這一切！」

「對不起……」

「妳知道我有多難過、多痛苦嗎！」

伸明的指尖感覺到智惠美的鮮血流了下來。鮮血很有規律地湧出。

智惠美的體溫傳到了他的手心，感覺是那麼溫暖。這是每次觸摸智惠美時所感覺到的熟悉溫度。手牽手的時候、擁抱的時候、接吻的時候、合而為一的時候。

這曾經是他最喜愛的體溫，現在卻變成虛偽的溫暖。

多麼令人痛恨的結局啊……可是沒有別的辦法了。殺了智惠美，然後自殺，唯有這樣才能結束遊戲。

「我真的很愛妳，智惠美！請妳瞭解……因為很愛妳，所以不得不這麼做……」

「我瞭解……因為……我們的心一直都在一起……」

伸明的眼淚無法克制地流洩而出，他痛苦地吶喊道：

「正因為我愛妳，所以更無法原諒妳！」

在智惠美眼眶裡打轉的淚水潰堤了。淚水沿著臉頰滑落，滴在伸明的手上。

「對不起，我本來不打算哭的，可是我無法控制。」

智惠美試著忍住眼淚，臉上浮現出微笑。

「為什麼要笑？……為什麼……？」

智惠美已經失去了力氣，血色從她的臉上褪去。

「那段曾經在一起的日子……謝謝你……我好愛你，伸……」

※

我真的很愛你，伸明。……以後的事就拜託你了。

直也、莉愛……還有班上同學，大家都對伸明抱著期待，所以你不能辜負大家。因為我是辦不到的。

※

「別說妳愛我這種話！把直也還來！把同學還來！還來！通通還來！」

伸明別過臉，嚎啕大喊著，把全部的力氣都施加在手上。

「哇啊啊啊啊——！」

「這樣我就……心滿意足了……」

「妳能瞭解我此刻的心情嗎，智惠美！殺死自己所愛之人的心情！」

「我瞭解……因為我也是……」

※

我連累了我的好朋友，害他們掉進國王遊戲裡。直也……班上同學……都是我害的。

伸明，請你一定要終結國王遊戲。

然後代替大家，過著幸福的日子。我相信未來。因為伸明一定可以辦到的。

過去這段日子很快樂，我永遠都不會忘記。讓你承受這麼多痛苦，對不起，伸明。

只是，這件事……必須有人……去完成。我希望……那個人是伸明……因為……我……愛你……。

※

剛才伸明還沒有意識到智惠美的體重，然而此時，他的手臂明顯感覺到智惠美的重量。他慢慢放開了勒住智惠美的雙手後，智惠美整個人無力地癱倒在他身上。伸明緊緊地抱住她。

「是智惠美的錯……都是智惠美害的……」

一切都失去了。一切都結束了。一切都變得令人厭惡。

他撫摸著智惠美的頭髮，把自己的額頭貼在她的額頭上，就像一對熱戀中的情侶在說悄話一樣。此刻，伸明突然回憶起當時的情景。

那是櫻花紛飛的季節，微暖的風徐徐地吹著。伸明和智惠美兩人站在河邊，聽著潺潺的流水聲。

「智、智惠美……我喜歡妳。請妳跟我交往好嗎？」

「你真的想跟我交往？」

伸明兩頰漲紅地說道：

「我……真的想跟智惠美交往。」

「可是我很任性，而且說話很直，說不定你會覺得很討厭喔。」

「沒有關係！我就是想跟智惠美交往！」

說完「那就請你多多關照囉」之後，智惠美低著頭，害羞地笑著。

「我也喜歡伸明。」

「真的嗎、真的嗎？」

「嗯，是真的！所以，以後我會一直黏著你喔。」

伸明突然緊緊地抱住智惠美。

剛才，他們在悲傷中分手了。那是任誰也不願意面對的、永遠的死別。

回想起過去的種種回憶，腦海中感受到被人重擊一樣的痛楚。伸明悔恨地揪著自己的頭髮。

「這就是……我經歷國王遊戲之後所留下的記憶嗎？」

伸明抱起智惠美，往一個地方走去。

我答應過妳，說我還會再來的。而且我說，下次不是在黑夜裡，而是在太陽出來的時刻，海面最耀眼的時候回來。

「我喜歡這裡。」

伸明站在奈美投海的奈多海岸，把智惠美靜靜地平放在沙灘上。

海面非常平靜，一點波浪也沒有，只有皎潔的月光灑在上面。

「智惠美，妳看！月光反射在海面上，多美啊。」

雖然是弦月，但月光出奇地明亮。涼爽的夜風輕輕拂來，還帶著一點海潮的香味，伴隨海浪的聲音。

伸明在沙灘上堆起海沙山丘，他想為大家做墓。

「大輔、明、奈美、香織，還有其他同學，大家都是因為智惠美而死，真的非常對不起。她真的很傻……我也不知道她為什麼要這麼做……」

伸明一邊跟大家說話，一邊拍打沙堆避免崩塌。

「接下來要做莉愛的墓。以前我很討厭莉愛，現在好像沒有那麼討厭了。我記得每次跟莉愛說話，都會忍不住想發脾氣，現在也是。妳一定覺得我很奇怪吧。我突然在想，莉愛是不是喜歡直也？如果真的是這樣……一定會嚇到很多人吧！莉愛最後的那個表情，真的很惹人憐愛。以前怎麼不那麼做呢？這樣的話，莉愛的人生一定會過得不一樣。為什麼妳要結束自己的生命呢？莉愛……。

直也，沒想到你會死得那麼悽慘。早知道我就不告訴你國王遊戲的秘密了，因為不知道對你比較好。我已經完全想起國王遊戲的記憶了……。我要去向大家道歉，誠心誠意地下跪、請求原諒。直也，你沒有做錯任何事。你願意原諒我嗎？」

智惠美為什麼要那麼做？為什麼她狠得下心，把直也和大家……。

「接下來是奈美的墓，這是第二次做了。直也的墓是不是比其他同學的墓大了點？我也幫智惠美做了墓，雖然……她是我殺死的……，我還是把她葬在直也和莉愛旁邊……。喔，對了，還有陽介和香織也是。雖然是沒有結果的戀愛，但至少死後要互相依偎喔……。班上的情侶，我都會把他們葬在一起的。」

伸明在用沙子堆的墳墓前寫上每個人的名字，一共有31座。

「太多了……犧牲了這麼多人……」

為了不讓眼淚流下，伸明抬頭仰望夜空。

「獨自幫大家做墓，還做得那麼開心。我到底在做什麼……好傻……真的好傻……」

伸明把智惠美放在沙灘上，自己也躺在她的身邊。

「這13天好漫長……感覺有一年那麼長。才13天之前的事，卻好想用『當時』來形容了。」

他再度抬頭看著繁星點點的夜空。

「好美啊……那是什麼星座呢？天鵝座？這麼說……那邊是夏天大三角囉？都已經進入秋天了，沒想到還能看到夏天的星座。晚上的天氣有點涼。智惠美，會冷嗎？」

沒有人回應，只聽到陣陣的海潮聲。

「到最後，那些文字都不重要了。不知道拼起來是什麼文章？對了，智惠美有沒有收到簡訊？」

伸明拿出智惠美的手機，看看有沒有尚未傳送的簡訊。

「有了，是……【。】，不過這些都無所謂了。真是的，我怎麼從剛才就一直在自言自語呢？」

伸明在沙灘上待了好一會兒，眼淚還是不停地流下。是傷心？還是悔恨呢？

伸明看著智惠美，拉起她的手，就這樣靜靜地躺在沙灘上，喃喃說道：

「好寂寞啊，真希望有人可以說話，對吧……」

幾個小時後，太陽從海平面升起，半邊天空的顏色逐漸泛白，海面也因為反射陽光而閃閃發亮。

伸明出神地望著冉冉升起的太陽。接近水平面的天空被陽光染成橘紅色，上面一點的天空，還泛著淡淡的灰白色。

海面受到陽光的照射，看起來紅通通的。有照到陽光的海浪，和沒有照到的海浪，出現了有趣的微妙色差。有閃著紅光的海、褐色的海、白色的海，還有原本藍色的海。

黎明時分的大海，看起來就像夢幻仙境，太陽、天空和大海形成了一個神秘的世界。

「好美啊……雖然太陽每天都會升起，可是沒想到早晨的太陽這麼美麗……」

伸明看得入神了。

「能看到這樣的美景，真的好幸福。」

說完，伸明緩緩地爬起來。

「之前，很多同學都在晚上死去，可是我想在白天死。」

……命令9、10、11、12、13的時候，大家都是死於夜晚，但是伸明決定等到天亮再死，因為他曾經答應過奈美「我還會再來的。下次，我會選擇太陽出來、海面最耀眼的時候來」。

今天就是人生中能夠實現諾言的最後一天。雖然我也跟其他同學有過許多約定，可是這輩子大概是辦不到了。真是諷刺，已經找到了國王，可是班上同學都死了……。

遊戲結束了！卻沒有可以一起分享的朋友，一個也沒有……。

伸明感到難以形容的悲傷和痛恨。

剛才還發出耀眼光芒的太陽，這時又隱沒在雲層後面。原本熠熠生輝的海面，現在也蒙上一層令人不悅的陰影，好像在對一心求死的伸明嘔氣一樣。巨大的海浪聲迴盪在四周。潮浪一波波地打上來又退下去，回到寬廣又穩重的大海裡。

閉上眼睛，這段日子發生的種種再度浮現腦海。本想尋找快樂的回憶，浮現的卻都是令人傷心的一幕又一幕。

淚水又不聽話地流了下來，沿著臉頰滑下的淚水還是溫溫的。真是矛盾的心情啊，到現在他還是深愛著智惠美，和她在一起的回憶是如此幸福……。

伸明咬著牙，拭去淚臉上的淚水，在智惠美的嘴唇上輕輕一吻。

「好久沒這樣了。終究還是沒機會……再次向妳告白……。走吧，到大家身邊去吧。」

他脫下鞋子和襪子，一步步往大海裡走去。他慢慢地走著，每走一步，沙灘上就多一個腳跟到趾尖所形成的美麗足跡。

來到海浪拍打的邊際，伸明停了下來。冰冷的海水一波波拍打著他的腳。

「我現在就去陪大家了。」

說完，伸明邁開腳步走入海中。

就在海水淹沒到大腿的時候，手機鈴聲響了起來。

【10／31星期六05：11　寄件者：國王　主旨：國王遊戲　本文：這是你們全班同學一起進行的國王遊戲。國王的命令絕對要在24小時內達成。※不允許中途棄權。＊命令14：男生座號12號・金澤伸明　選擇要繼續國王遊戲或是接受懲罰　END】

伸明笑了。他抱著肚子大笑起來。

「怎麼可能繼續呢！接受懲罰？非常樂意！不過，傳送的時間是不是弄錯啦？……國王的簡訊？智惠美不是已經死了嗎？」

那現在這則國王的簡訊是誰寄的？難道智惠美不是國王嗎？

此時，又有另一則簡訊傳來。

【10／31星期六05：11　寄件者：國王　主旨：國王遊戲　本文：將你們全部三十一個人的性命奉獻犧牲，藉以換取本多奈津子的復活。　END】

「這段文章好眼熟……是未傳送簡訊的文字組成的嗎……？」

伸明想起之前，在死去同學的手機所看到的那些文字。

「這段文章共有31個字。錯不了，這是用未傳送的簡訊裡面的文字拼起來文章。」

由未傳送的文字組成的文章最後的結尾，就是智惠美手機裡出現的【。】。這麼一來，整段文章就完成了。

「什麼搜尋國王身分的關鍵啊？根本不是這樣……這個誤會也太大了吧？」

伸明看著水平線喃喃自語地說道：

「本多奈津子是誰？犧牲了31條人命，就為了讓這個人復活……」

上昇的太陽照亮了伸明，在沙灘上形成一道細長的人影。看起來很像被舞台的聚光燈照射一般。

波浪的聲音越來越洶湧，就像是台下的觀眾在為台上的伸明拍手鼓掌一樣。

「打從一開始，智惠美就決定要死了……從她決定要當國王的那時候起……」

智惠美早就計畫好了，最後要由我來終結……。想到這裡，伸明回想起之前發生的事。

「傻瓜……大傻瓜。妳真是……」

伸明深吸了一口氣，手裡握著手機，往前走了一步，臉上露出苦笑。

「我已經……累了。累得無法繼續下去了。一切到此為止了。」

他又繼續往海裡走了1步、2步……走到第3步時停下來了。

仔細回想，智惠美始終沒說過「我是國王」，她只說「我是伸明一直想找的人」。

「啊——！我不要再想了！我不要再想啦！」

伸明抱著頭，慌亂地抓著頭髮。莉愛說的那句「你有義務知道一切真相」突然閃過腦海。

她的意思是要我去瞭解智惠美的想法嗎？

還有，要我識破智惠美的謊言，是這個意思嗎？

所以，莉愛才會騙我，說直也對不起我？

智惠美和莉愛，一定早就知道遊戲的最後結果了吧？

包括只能有一個人活下去的最後一道命令？雖然伸明無從得知，她們是從哪裡得到的訊息，但是可以確定，她們兩人確實知道。

伸明瞪大眼睛，喃喃地說：

「不只這些……」

她竟然撒了這麼大的謊……。

「開什麼玩笑！傻瓜！說什麼只要殺了我一切就可以結束！妳這個大騙子！」

伸明想起智惠美最後說的那些話。

『冷靜下來聽我說，伸明。殺了我，這樣就能結束了。』

『我現在變得這麼醜，應該不難下手吧？這段日子讓你受委屈了。』

『對不起，我本來不打算哭的，可是我無法控制。』

『那段曾經在一起的日子……』

『謝謝你……我好愛你……伸……』

智惠美說的一字一句都深深刺痛伸明的胸口，越想傷口就越痛。

「她說的那些話裡，都藏著不能說出口的痛苦嗎……為什麼要用這種方式？難道沒有別的辦法可想了嗎？」

從智惠美身上感覺到的體溫並不是騙人的。那是他最愛的體溫。

伸明看著自己的雙手。

「是這雙手感受到她的溫度，可是……也是這雙手把智惠美給……」

伸明瘋狂地吶喊，啪颯啪颯地用雙手猛力拍打海面。

「哇啊啊啊啊啊啊——！」

伸明忍住眼淚，跑回智惠美身邊，撫摸著她佈滿皺紋、枯槁凹陷的臉頰。

「說謊一定很痛苦吧……我該怎麼向妳賠罪呢？告訴我！」

他看著莉愛的墓。

「莉愛也是。難道妳不後悔嗎？為什麼不能多愛自己一點呢！在夜鳴村的時候，不是跟妳說過了嗎！還說什麼『好好地看我最後一眼吧』！」

再望著直也的墓。

「不是智惠美殺的！不是！不是智惠美！」

他把手指當梳子，讓智惠美的髮絲順著指縫滑過。

「智惠美，再騙我一次吧……」

智惠美靜靜躺著，嘴唇沒有絲毫動靜。臉龐、雙頰和嘴唇只有一片慘白。

「為什麼要說這樣的漫天大謊！快醒過來！說妳是騙我的、妳是在裝死！」

伸明緊緊抱著智惠美的身體。他握著她的手。好冰冷，完全感覺不到溫度了。他多麼渴望能再一次感受智惠美的體溫。

「我真的很對不起妳！原諒我──！」

他懊悔地拍打著海水，眼淚嘩啦嘩啦地宣洩而出，無法止息。

「我不會死的……絕不能就這樣結束……」

他用手捧起海水，但是水從他的指縫滴滴答答地流下。

「……我還有未完成的任務。智惠美、直也、莉愛，還有大家對我的期望，我要扛起來。」

伸明把手掌心僅剩的一點海水一飲而盡，下定了決心──

「我要完成他們的心願，我要把國王遊戲給……」

「老師要介紹剛轉學過來的新同學給班上同學認識。來，進教室來跟大家自我介紹。大家拍手！」

一名同學笑著說：

「老師，不必拍手吧！」

「是嗎？有什麼關係，高高興興地拍手歡迎新同學，這很正常啊！」

這個老師跟小孩一樣天真無邪。班上的同學們也都很開朗。

教室裡洋溢著活潑快樂的氣氛，學生們都等著轉學生走進教室。

「噯，不知道是什麼樣的人呢？」

「好期待喔！」

「是男生還是女生？」

「要是女生就好囉！」

教室的門打開了，同學們嘰嘰喳喳地議論著。

「是男生啊……班上女生可開心囉。」

「可是，你不覺得他很帥嗎？」

「還好吧。呃～～還過得去啦。」

站在講台前，伸明自我介紹說：

「我叫金澤伸明。」

伸明依照老師的指示，走到最後一排靠窗的座位，坐了下來，然後凝視著窗外的風景。

有人突然拿手指戳了戳伸明的肩膀，轉頭一看，是個小個頭的可愛女生，笑瞇瞇地看著他，還伸出右手要跟他握手。

那個女孩，皮膚的顏色像是珍珠一般，彷彿這輩子從來沒被太陽曬黑過一樣。她有著圓圓大大的眼睛、清晰的雙眼皮、淺粉紅色的嘴唇。頭髮只有留到脖子，還用粉紅色的髮夾，把前額的頭髮夾在右耳旁邊。

「初次見面！我叫本多奈津子，請多指教！」

逆思流

國王遊戲（原名：王樣ゲーム）

作者／金澤伸明
譯者／許嘉祥
發行人／黃鎮隆
副理／洪琇菁
責任編輯／路克
企劃宣傳／邱小祐・劉宜蓉
副總經理／陳君平
國際版權／黃令歡
美術編輯／李政儀
文字校對／許煒彤

出版／城邦文化事業股份有限公司 尖端出版
台北市中山區民生東路二段一四一號十樓
電話：（〇二）二五〇〇－七六〇〇
傳真：（〇二）二五〇〇－二六八三
E-mail：7novels@mail2. spp. com. tw

發行／英屬蓋曼群島商家庭傳媒股份有限公司城邦分公司
尖端出版 行銷業務部
台北市中山區民生東路二段一四一號十樓
電話：（〇二）二五〇〇－七六〇〇（代表號）
傳真：（〇二）二五〇〇－一九七九
讀者服務信箱：sandy@spp. com. tw

中彰投以北經銷（含宜花東）／高見文化行銷股份有限公司
電話：〇八〇〇－〇五五－三六五
傳真：（〇二）二六六八－六二二〇〇三

雲嘉經銷／威信圖書有限公司 嘉義公司
電話：（〇五）二三三－三八五二
傳真：（〇五）二三三－三八六三

南部經銷／威信圖書有限公司 高雄公司
客服專線：〇八〇〇－〇二八－〇二八
電話：（〇七）三七三－〇〇七九
傳真：（〇七）三七三－〇〇八七

香港總經銷／城邦（香港）出版集團有限公司
香港灣仔駱克道一九三號東超商業中心一樓
電話：（八五二）二五〇八－六二三一
傳真：（八五二）二五七八－九三三七
E-mail：hkcite@biznetvigator. com

法律顧問／王子文律師 元禾法律事務所
台北市羅斯福路三段三十七號十五樓

二〇一二年二月一版一刷
二〇二〇年五月一版三十五刷

■中文版■

郵購注意事項：
1. 填妥劃撥單資料：帳號：50003021戶名：英屬蓋曼群島商家庭傳媒(股)公司城邦分公司。2. 通信欄內註明訂購書名與冊數。3. 劃撥金額低於500元，請加附掛號郵資50元。如劃撥日起 10～14日，仍未收到書時，請洽劃撥組。劃撥專線TEL：(03)312-4212 ・ FAX：(03)322-4621。E-mail：marketing@spp. com. tw

國家圖書館出版品預行編目資料

國王遊戲 / 金澤伸明著；許嘉祥譯. — 1版. —
臺北市：尖端出版，2012.02
面；公分
譯自：王様ゲーム
ISBN 978-957-10-4734-8（平裝）

861.57　　100023683